EL HOMBRE DE LA GUERRA

Obras de Ramiro Pinilla en Maxi

Verdes valles, colinas rojas 1. La tierra convulsa
Verdes valles, colinas rojas 2. Los cuerpos desnudos
Verdes valles, colinas rojas 3. Las cenizas del hierro
Antonio B. el Ruso, ciudadano de tercera
Aquella edad inolvidable
La higuera
El hombre de la guerra

*

SERIE DETECTIVE SAMUEL ESPARTA

Sólo un muerto más
El cementerio vacío
Cadáveres en la playa

RAMIRO PINILLA
EL HOMBRE DE LA GUERRA

MAXI
TUSQUETS
EDITORES

PEFC Certificado

Este libro procede de bosques gestionados de forma sostenible

PEFC

PEFC/14-38-00305

www.pefc.es

1.ª edición en colección Andanzas: septiembre de 2023
1.ª edición en colección Maxi: noviembre de 2024

Adaptación de la cubierta: Maxi Tusquets / Área Editorial Grupo Planeta

Fotografía de la cubierta: © Ilona Wellmann / Trevillion Images

Fotografía del autor: © Ivan Giménez / Tusquets Editores

Diseño de la colección: FERRATERCAMPINSMORALES

ISBN: 978-84-1107-526-8
Depósito legal: B. 17.716-2024
Impresión y encuadernación: Qpprint
Printed in Spain - Impreso en España

Índice

1
Es el fin

Urko Pínaga tuvo la penosa impresión de que acababan de abrirle una casa con muerto. El presentimiento no arrancó sólo de la bocanada de silencio espeso que brotó del interior. Pensó que era lo menos que podía esperar de aquel mundo acabado que pisaba por primera vez desde la guerra.

Al dar su nombre, la mujer de la puerta se puso a profundizar en los parentescos de la familia. Urko advirtió el potente esfuerzo de sus cejas por situarlo en la estirpe de los Pínaga.

—Soy el sobrino de Inglaterra —la ayudó.

La mujer tenía un aspecto roqueño. La tonta sonrisa que cruzó su rostro fue arrasada por el aire de luto con que apareció en el umbral. Por unos instantes Urko se deleitó con sus rasgos del inconfundible grupo biológico de Getxo. La mujer se apartó para dejarle pasar.

—De modo que es el sobrino de Flora —bisbiseó—. Siempre creí que Inglaterra estaba más lejos.

Urko dejó la maleta en el suelo y la miró sin comprender.

—Yo no sabía nada —dijo. Y se sorprendió preguntando roncamente—: ¿Cuándo ha muerto la tía?

—Hace siete horas. —La mujer ahogó la respiración—. ¿Cómo sabe que se trata de ella?

Urko recibió la noticia sin el menor asombro. Dejó atrás los ojos que le contemplaban con terror y la voz que exclamó sordamente: «Después de más de treinta años llega justo cuando...». Avanzó por el largo pasillo orientándose por los recuerdos de infancia. Tuvo la impresión de que la casa se había reducido. Sin detenerse acarició el maldito arcón de roble tallado que entorpeciera sus carreras en bicicleta. Un instante después le pareció que flotaba en el vacío. Se detuvo para analizar la impresión. Intuyendo la causa, golpeó la tarima con el zapato y sacó un ruido a hueco enteramente nuevo. Así supo que la penumbra del pasillo no contenía los muebles y cachivaches de otra época. Urko quedó conmovido por la precisión de sus recuerdos.

Del fondo del pasillo arrancaba la escalera interior, y a su derecha estaba el dormitorio de la tía Flora. La seguridad con que se movía parecía indicar que vivió allí la víspera. Sin más muebles que la cama y un banco, con las paredes lavadas de cuadros y cortinas, la habitación ofrecía un aspecto árido. La figura de la anciana ocupando en el lecho el punto exacto de los muertos, la tuvo por la conclusión natural de la historia de Mallatu.

Notó en su piel la atención de las mujeres que hacían la vela alineadas contra la pared. No dejó traslucir ninguna sensación, en parte por desaliento y en parte por no darles gusto. De una ojeada meticulosa a la estancia Urko recuperó todo el pasado. El viaje de su mirada acabó en la tía Flora. Los cuatro velones encendidos formaban a su alrededor un rectángulo perfecto, sacando a su rostro palpitaciones blancas. Urko se había confiado en exceso y el choque contra la realidad de aquella carne de mármol le metió una piedra en la garganta. El peor momento lo pasó al advertir la semejanza de aquella expresión con la de su propia madre.

—No te esperábamos hasta mañana, Urko.

La frase lo sacó de su abstracción, destacándose en la penumbra descubrió a su lado un bulto de mujer.

—Soy Regina —susurró la misma voz.

Ahora le correspondió a Urko tratar de situar aquel nombre en la familia. Pensó en la posibilidad de que fuera una simple vecina.

—Muchas gracias por acompañar a mi tía —aventuró.

Sintió que le cogían de la mano y lo sacaban del cuarto. Salvó medio corredor conducido como un niño. Allí seguía la mujer que le abrió la puerta, inmóvil junto a la maleta. La oscuridad del interior volvía los objetos poco convincentes. Urko llegó a perder la pista de sus recuerdos de infancia y no supo en qué cuarto lo metían. Una firme presión en el hombro lo dejó sentado en una butaca. Luego la estancia tembló bajo la luz tenue de la lámpara de mesa y Urko vio sentada frente a él a una sonriente muchacha de treinta años.

—Mamá me llamaba Reina.

Urko recorrió la frase letra por letra hasta ponerla de pie. «Claro, Regina», pensó.

—De modo que somos primos —dijo.

—A veces, las familias deben recurrir a los velorios para conocerse.

Urko apreció en ella la cordialidad natural de las gentes de su tierra, aunque no dejó de advertir que el tono de ironía de su frase era más bien forzado. No acertó a descifrar en qué se basó para creer que en realidad estaba asustada. «Es natural», pensó enseguida, admirando su ánimo. Gastó un rato en tratar de encubrir su desaliento a fin de acomodarse a la anacrónica vitalidad de aquel miembro de los Pínaga. En la culminación del esfuerzo recordó abruptamente que Regina no llevaba la sangre de la familia. Urko metió en el cuerpo un suspiro que se fundió con la derrota de sus huesos. Se levantó y fue a disimular su depresión junto a los cristales de una ventana. Durante un par de minutos ella respetó su silencio.

—Es el fin —pronunció luego la muchacha.

Urko se volvió al sentirla a su lado. Le pareció una mujercita tierna, de ojos vulnerables. En ese momento descubrió que era detrás de esos ojos donde se agazapaba el miedo. Vestía con el desaliño propio de las personas que tienen vida interior. Urko observó que su mirada se dirigía desde el principio al otro lado de los cristales. «Es el fin», le oyó murmurar por segunda vez. Entonces, a la luz de las siete de la tarde, vio la excavadora detrás de la tapia del jardín.

—¿Qué espera ahí ese monstruo? —preguntó. Comprendió con una sacudida que ya conocía la respuesta.

—Mamá acaba de morir —dijo Regina—. Y pronto, Mallatu también desaparecerá.

Urko presintió que aquello ultimaba la consumación. Se abandonó por breves instantes al gozo lacerante de saborear la precisión con que se construía la tragedia.

—¿El Ayuntamiento? —preguntó.

—Sí, nuestra casa obstaculiza la nueva urbanización.

—La tía Flora no lo verá.

Urko miró a la muchacha.

—¿La mató este disgusto?

—¿Quién sabe de qué nos morimos? —preguntó, a su vez, Regina—. Mamá sufrió esta madrugada una perforación de intestino. Ha muerto en la mesa de operaciones. Te envié el telegrama al mediodía.

Urko giró con el primer movimiento juvenil que realizaba en mucho tiempo.

—¿Esta madrugada empezó todo? —preguntó.

—Sí.

—¿No hubo ninguna alarma anterior? ¿Nada hizo pensar que ella...?

Regina negó con la cabeza. Urko clavó en ella una mirada profunda.

—Yo no he recibido ese telegrama. Estoy aquí por la carta angustiosa que hace unos días me escribió la tía Flora.

2
La puerta cerrada

Al recibir aquella carta, Urko no había tenido otra alternativa que empezar a pensar en el regreso. Vivía en Londres desde hacía treinta y seis años bajo una conciencia de apátrida. Londres había asistido al fin de su infancia, al descubrimiento de su juventud y a la instalación de su madurez solitaria, pero la ciudad nunca le pasó de la piel. Llevaba treinta y seis años resistiéndose a la nostalgia de un trocito de tierra vasca, por no aceptar el miedo a ponerse a hacer las maletas. España le daba miedo. Salió de ella el año treinta y siete en una remesa de niños refugiados, y al cabo de tanto tiempo seguía sin reponerse de la idea de derrota. La guerra le dejó sin padres. Las únicas cartas que recibía eran de una nebulosa tía Flora que le hablaba con calor de la educación anglosajona y le pasaba una cuota para la supervivencia. Eran cartas deslavazadas, que nunca mencionaban la política y que aludían a noticias familiares en un tono tan convencional que a Urko le quedaba la impresión de haber leído un folletín. Fue perdiendo contacto con sus raíces. Llegó a vivir una época en que en sus sueños soñaba que era inglés y que lo sacaron de un laboratorio. Estudió literatura e idiomas y ganó su primer dinero traduciendo al inglés obras de españoles exiliados. Tratando de acomodar su caso personal a tanta ideología desterrada, se aficionó a componer novelas policiacas. Encontró editor y se hizo un nombre. Para entonces ya había pedido a la tía Flora que suspendiera la asignación. A los treinta años había leído tantos libros sobre España que logró situarse en el planeta. En unas Navidades, ante un besugo al horno, tomó conciencia por primera vez de su condición de exiliado, y aquella noche colocó junto al retrato de sus padres la fotografía del caserón vasco donde vino al mundo. Según transcurrían los años crecía su miedo de España. Convencido de que procedía de un tiempo maldito, luchaba tenazmente por creer en una sociedad enderezada, pero sus meditaciones siempre topaban con el fantasma de una guerra sin concluir. Se fue endureciendo su resolución de no poner pie en una tierra que le iba a mostrar el desmoronamiento de sus propios orígenes. La carta de la tía Flora no fue más que la materialización del miedo que tanta compañía le hizo en Londres. En ese momento, para sorpresa suya, encontró la paz.

Mientras Regina leía la carta, Urko Pínaga permanecía contemplando la excavadora con una fatalidad morbosa. El tremendo ingenio ajustaba impecablemente con la tía Flora muerta.

—Estaba loca —declaró la muchacha, apoyando cada sílaba.

Urko no la oyó.

—¿Cuándo empezará a trabajar? —preguntó, abstraído contra el cristal.

Regina tropezó con su perfil. Recortada en la penumbra vio una nariz vasta e inofensiva emergiendo de unos pliegues abruptos. Urko era grande y a ella nunca le agradaron los hombres excesivos. Sin embargo, tenía unos movimientos tan reposados que lo hacían casi evanescente.

Urko volvió la cabeza y ambos se encontraron perdidos en distintas ideas. Regina rastreó en su memoria la pregunta traspapelada.

—El jueves, a las ocho —contestó.

—Se necesitan más días para cumplir bien con un muerto —gruñó Urko.

—El Ayuntamiento no podía adivinar este imprevisto. Su ultimátum se recibió hace diez días. Era la quinta comunicación de desalojo que nos enviaba en dos años.

—La única que, al parecer, lo pudo adivinar fue la tía Flora.

Urko recuperó la carta de las otras manos y paseó su mirada por las frases que se sabía de memoria. Le invadió la misma depresión que la primera vez, seis días antes.

> Querido sobrino:
>
> Te necesito urgentemente. No dejes de regresar a Mallatu esta misma semana. No escribas, no indagues, y ven. No pienses en mí sólo como en una tía inservible, porque además soy una mujer aterrorizada. Nunca te he pedido un favor, sobrino, y nunca más te lo volveré a pedir. No dejes que pase esta semana sin venir. Ven. VEN.

No había despedida. Sólo la firma, a bolígrafo azul. Lo más impresionante era las gigantescas letras bajo la firma, la V, la E y la N cubriendo escandalosamente toda la mitad inferior del papel. Urko dobló cuidadosamente la carta y la encarpetó en su cartera. Al cruzar su mirada con la de Regina tropezó con la afirmación que quedara flotando en el aire.

—¿Estaba loca? —repitió entre dientes.

De pronto Regina se apretó las sienes con las manos y se alejó de la ventana. Urko la vio ocupar una butaca en un rincón oscuro. Casi la perdió de vista. Miró en torno por primera vez, reconociendo el comedor a pesar de su nueva cara. Como dos astros en un cosmos desmantelado, quedaban dos butacas desnudas. A Urko se le borró medio siglo para volver a sentir el miedo a la regañina si le sorprendían en la pieza de las visitas. Entonces le llegó un rítmico crujir de maderas y habló sin pensar:

—Siempre estuvo suelto el entarimado en ese trozo de pasillo.

Sintió en el centro del pecho un golpe de nostalgia, pero se sobrepuso. Alguna mujer de la vela se había cansado de estar sentada. Urko se acercó a la muchacha.

—¿Te sientes mal?

Le pareció que ella se había empequeñecido. Se inclinó más para localizarle el fulgor de los ojos en la penumbra, sobresaltándose al oír su voz.

—Por favor, que se esté quieta esa mujer.

Urko se apresuró a complacerla. Con un simple ruego la vecina se reintegró al banco de la vela. Con la casa en silencio Urko regresó junto a Regina. Le dolió sentirla muy remota. «No se ha identificado con los ruidos de Mallatu», pensó, palpando con rudeza el recuerdo de que la muchacha no llevaba su sangre. «Cuando arrasen la casa no le quedará lo mejor de ella.» Volvió a oír su voz saliendo de la sombra como un milagro.

—Lo siento.

Urko tuvo una ráfaga de inspiración.

—No amas estas paredes —dijo con resentimiento—. Eso significa que no fuiste feliz entre ellas.

La muchacha acusó la reprobación. Urko asistió al instante en que el rostro de Regina entró en la claridad de la lámpara con el resuelto propósito de repeler la agresión. Tardó en admitir que era el miedo lo que estropeaba su expresión de niña.

—Ella me impidió ser feliz —le oyó exclamar—. Sólo a ti te he dicho que estaba loca.

Urko se puso a pensar con más cuidado. Acababa de comprender que ella le estaba abriendo un mundo inédito dentro de su propia casa. «Mi propia casa», se repitió, confuso. Regina era un producto de la guerra. Urko echó su recuerdo hacia atrás buscando las líneas de aquella carta donde la tía Flora le contaba que Dios les había dejado en la puerta un rorro de tres días. Urko tenía entonces trece años y aquella noticia colaboró a que sacara de las cartas siguientes un aire de folletín. La tía Flora se quedó con la criatura, después de adoptarla legalmente. Con los años, las cartas que recibía Urko se fueron espaciando, hasta reducirse a dos: una por Navidades y otra por su cumpleaños. La familia se le fue desdibujando y llegó a pensar en ella como en una postal de archivo. El recuerdo de la tía sobrevivió por una costumbre de la sangre, pero la prima Regina se le quedó en el mundo de las anécdotas.

Se derrumbó en la segunda butaca con la respiración sofocada. Los muelles se quejaron del exceso de carga.

—¿Qué ha ocurrido en esta casa en los últimos treinta y seis años? —preguntó sombríamente.

Tuvo la impresión de que ella se replegaba sobre sí misma. Sus ojos se llenaron de lágrimas.

—Nada —contestó.

Urko examinó sus dedos desazonados, sus artísticas pantorrillas sin medias y su firme mentón, y se preguntó qué clase de criatura había detrás de todo ello. Cerró los ojos para rescatar del recuerdo las viejas noticias de la tía Flora que dormían en el olvido, pero no lo consiguió. Sufrió una especie de vértigo al asomarse al vacío de aquella muchacha que había vivido en Mallatu más años que él. Habló con evidente pudor.

—Ella me llamó para decirme algo. ¿Sospechas qué pudo ser?

Regina se enderezó con un suspiro profundo.

—No, no lo sospecho. Es tonto que sigas dándole vueltas a la carta. Quedamos en que la escribió «antes» de sentirse enferma.

Urko volvió a advertir una súbita humedad en sus ojos.

—Es preciso haber vivido con ella para comprender que podía escribir una carta como esa sin una razón lógica.

—¿Te refieres a que es falsa la angustia que destila ese papel?

—¿Quién sabe si la tía era sincera o no? No soy psiquiatra. Lo que puedo asegurar es que no existían motivaciones «externas». Todo ocurrió aquí —y Regina puso un dedo en su frente.

—De modo que te inclinas por la locura. De modo que en la carta se habla de algo a lo que ya estabas acostumbrada.

Ella inclinó la cabeza y volvió a oprimirse las sienes con las manos. Urko permaneció atento a cualquier ruido extraño de la casa, pero no oyó ninguno.

—Es un laberinto —murmuró Regina en la misma actitud—. La verdad es que su enfermedad nunca había tenido manifestaciones desesperadas.

—Enfermedad —fijó Urko.

—Es un término de mi lenguaje íntimo —explicó ella—. Creo que si fueras médico no me habría atrevido a hablar así.

Urko extrajo del bolsillo del pantalón una bolsita de tabaco y una pipa de color verde. Murmuró mientras la cargaba:

—En cualquier caso, la tía necesitaba mi presencia para algo que no quería compartir contigo ni con nadie. En treinta y seis años no había recurrido a mí, y justamente lo hace diez días antes de su muerte. ¿Coincidencia? ¿Me reservaba un mensaje póstumo? ¿Y por qué a mí, precisamente, a un miembro de la familia que ya casi no pertenecía a ella?

—Cuando redactó la carta ignoraba que iba a morir —expuso Regina lentamente.

—Algunas mentes suelen tener premoniciones increíbles.

Urko levantó la mirada del trabajo de sus dedos

y observó que la expresión de su prima se había endurecido.

—¿Por qué a mí? —insistió, espiándola sin reservas.

Los latidos de sus comisuras le señalaron que había tocado un punto vulnerable. Se dispuso a seguir presionando, y entonces ella lo eximió de todo esfuerzo.

—Mamá no me quería —declaró sencillamente.

En silencio, Urko siguió retacando la pipa con el dedo. La adivinó tan necesitada de continuar hablando que ni siquiera la miró. Le dio tiempo a ponerse a fumar. Cuando leyó con toda nitidez en la frente de Regina la frase que se le había trabado, accedió a ayudarla.

—Por eso necesitas creer en su locura —dijo con la boca llena de humo—, sea o no cierta.

—Me obligó a huir de esta casa —musitó ella, como si la muerta pudiera oírla desde su lecho. A Urko le pareció una huerfanita llorando su infortunio. No pudo evitar el pensar que asistía a una prolongación del folletín de las cartas. Tenía por costumbre buscar en el humo, ante sus ojos, las claves de sus novelas, y entonces también se le formó en ese punto un interrogante.

—¿Cuándo sucedió eso? —preguntó.

—Todo empezó siendo yo muy niña. Arranca de mis primeros recuerdos. Concluyó hace nueve años.

—¿Y bien? —dijo Urko, al ver que se detenía.

—Ocurrió una escena terrible al pie de la escalera. Fui atacada por un hombre que había violentado una ventana para entrar a robar. Grité, llegó la tía y el hombre huyó por la misma ventana. Entonces ella me acusó de admitir a un amante en casa. Fue lo que desbordó el vaso. Aquella noche ya no dormí en Mallatu.

Urko sintió que tocaba algo consistente. Era aquella frase: «Ocurrió al pie de la escalera», lugar donde él daba la ciaboga en la bicicleta. Esta vez el recuerdo no tuvo ocasión de enternecerlo. En medio de tanta abstracción, disponía al fin de dos realidades: la carta y aquel extremo del pasillo. Para no interponer ningún obstáculo a la narración se sumió en un silencio completo.

Al ver levantarse a Regina temió que el momento se hubiera quebrado. La vio salir del comedor y enseguida le llegaron unos cuchicheos. Luego regresó y ocupó su butaca con las articulaciones descoyuntadas. Urko dejó de fumar.

—He dicho a Alejandra que te prepare mi cama. Es la única que queda en casa. El resto de los muebles ya está repartido entre la nueva vivienda y una prendería. No, no protestes. Estarás cansado del viaje. Además, yo velaré toda la noche. Alejandra es nuestra interina, la que te abrió la puerta.

Urko siguió guardando un silencio escrupuloso.

—Llevaba nueve años pidiéndome que viniera a vivir con ella —prorrumpió Regina, acoplando su voz a la penumbra—. Sólo accedí a pasar los veranos. Cuando me ofendió, yo ya tenía el título de Filosofía y fui a ejercer a Madrid. La dejé sola, pero no, no soy ningún monstruo. Nadie puede comprender a las personas que han vivido con locos.

Urko presintió que su silencio la descomponía.

—De modo que en los últimos nueve años pasasteis los inviernos separadas —comentó pesadamente. Era una noticia inédita. Se dolió de la indiferencia con que siempre leyó las cartas de la tía Flora.

De pronto Regina abrió el chorro de sus malos recuerdos. Realizó un recorrido biográfico total, arrancando de la infancia y deteniéndose en el crudo incidente al pie de la escalera. A Urko le quedó la imagen de una cuitada perseguida por los espíritus perversos de Mallatu. La idea de folletín se enriqueció con matices nuevos. Con palabras quebradizas, Regina evocó a la niñita que dormía aterrorizada porque la casa cobraba vida al anochecer. Al principio, gritaba llamando a su madre. «No es nada, nena», la calmaba Flora desde su cuarto. «Es Mallatu, que se remienda ella sola por las noches.» A la niña le fue creciendo un miedo que no encontraba comprensión. Sola en el inmenso cuarto, mordiendo las sábanas para no irse en gritos, logró articular una filosofía del miedo: «El miedo no mata. Lo que mata es el miedo al miedo. Por eso lo mejor es tocar el miedo, y lo peor, tenerle miedo». A sus seis años la despertó un portazo en la madrugada. Balbuceando su filosofía, oyó pasos en la escalera. El propio terror la lanzó al pasillo y desde la oscuridad descubrió a Flora descendiendo los peldaños con una palmatoria en alto. Ahora, la niña casi deseaba la llegada de las noches para espiar el miedo. Averiguó que Flora dormía con frecuencia en el otro piso. Alcanzó los quince años dueña de un catálogo de treinta y siete ruidos diferentes. «Qué clase de ruidos», le interrumpió Urko con tersura. Regina enumeró una larga lista. Él recibió la impresión de que no los estaba recordando sino oyendo. En sus ojos percibió las llamitas de un terror resucitado. Casi todos eran ruidos naturales de casas viejas. Urko aisló dos: el de un grifo abierto y el de la bomba del retrete. «La tía Flora vivía una vida completa en el segundo piso», pensó. Empezó a abrirse a la idea de la locura. Quiso recordar a la tía Flora de anteguerra a fin de recuperar algún síntoma, pero sólo exhumó la imagen cotidiana de una mujer que perseguía implacablemente el barro de los zapatos y le prohibía viajar en bicicleta por el pasillo.

Luego Regina habló de un bachillerato hecho como interna de lunes a sábado en un colegio de monjas; de su carrera de Filosofía y Letras cursada en Valladolid; y de «la insistencia de mamá en que marchara a Francia a perfeccionar el francés». Y añadió: «En casa me hacía la vida imposible. Todo lo mío estaba mal, mis palabras siempre tenían un doble sentido malicioso, si llegaba a casa unos minutos después de las diez me abofeteaba. Nunca pude establecer con ella un diálogo de mujeres. Era como vivir con un demonio siempre al acecho. No sé cómo soporté el último año». En este punto dirigió al primo una mirada amarga. Él pensó que sobraban las palabras. «Es increíble, pero la tía Flora quería sacudírsela de encima.» Levantó la cara al techo. La pregunta brotó con la naturalidad de la respiración.

—¿Qué clase de mundo existió ahí arriba?

Regina se sumergió en una actitud hermética. Urko la vio formar con los labios una línea de acero.

—Viviendo yo en Mallatu —añadió Urko—, ese piso sólo guardaba recuerdos de antepasados. Creo que a principios de siglo todavía lo habitaba la familia. En invierno subía con mis amigos a jugar al escondite entre las antigüedades y bajábamos teñidos de polvo.

Advirtió que a ella se le soltaban los músculos.

—No he pisado en toda mi vida ese lugar —declaró Regina marcando cada letra.

Urko esperó a que encontrara su ritmo interior para reanudar el relato. Le oyó decir que conservaba un brumoso recuerdo del alarido que sonó a sus espaldas cuando, a sus tres o cuatro años, trepó peldaño a peldaño hasta la puerta. «Nunca más lo intenté. Pero sé que estaba cerrada entonces y lo estuvo siempre. Uno de mis primeros recuerdos de este mundo es la llave que mamá llevaba colgada de una cadena al cuello, junto a su escapulario.»

Urko no sabía qué hacer para apartar a un lado la idea de folletín. Se levantó y volvió a encender la pipa en la ventana. La inminencia de la excavadora otorgó realidad al drama de Regina. En el jardín, del tamaño de un campo de tenis, los vegetales buenos estaban en retirada. En cuarenta y cinco años Urko no había sentido como entonces la tristeza de septiembre. Se asombró de la exactitud de los temores que trajo en la maleta y se preguntó hasta qué punto podía estar relacionada una situación nacional con el acoso de una familia. «No tiene sentido», pensó. «La guerra acabó hace treinta y tres años. Conservo una mentalidad de exiliado.» Giró pesadamente hacia la habitación. Desde la frontera de la penumbra Regina le sonreía de modo improcedente. Aquello acabó por decidir a Urko a hacer la pregunta.

—¿Por qué no te has casado?

Ella materializó su brusca sonrisa en una voz pulimentada.

—No me pidas cuentas. Al fin y al cabo, no soy una Pínaga.

Urko no supo dónde meter la mirada. A Regina le bastó con cerrar su sonrisa para volver a sus evocaciones.

—Me lo reveló crudamente. Entonces entendí su desamor.

Urko se refugió en su papel de escucha. La prima le dibujó una escena escueta. A sus trece años, cuando rellenaba un impreso de matriculación, preguntó el nombre del padre al que nunca había visto. «No tienes padre», le dijo la tía Flora. «Resulta que yo tampoco soy tu madre. Te recogí del portal. Pon en la casilla: "Hija adoptada".» Urko sintió por primera vez que tomaba aquel folletín como cosa propia.

—Estaba loca —afirmó. Dio dos vigorosas chupadas a su pipa, sin dejar de observar a la muchacha, y se puso a buscar una frase que la arrancara de ese recuerdo—. ¿Qué otras pruebas hubo de locura? —preguntó al fin.

Regina declamó automáticamente.

—Siempre faltaban objetos en la casa: libros, cubiertos, servilletas... cosas así. Solían aparecer al cabo de meses o años. O no aparecían nunca.

Su mirada se cruzó con la del primo y dejó de hablar. Se puso en pie y caminó hacia la ventana. Urko vio que se detenía a su lado una mujer diferente.

—Eres muy bueno, inglés —dijo ella, poniéndole un beso en la mejilla.

Urko se sintió repentinamente viejo. La acompañó hasta la alcoba mortuoria. Petrificadas sobre el banco las mujeres parecían fabricadas en serie. Sin perder su compostura, una de ellas lloraba sobre un pañuelo. Desde el umbral Urko advirtió entonces que a la tía Flora la habían disfrazado de Carmelita. Su rostro tenía la paz de las superioras de los conventos, y por mucho que lo intentó no pudo vincularla al relato de

Regina. Deseando palpar una consistencia que le ofreciera alguna garantía, torció hacia la escalera. Le conmovió la apreciación de que le subía de los peldaños la misma promesa de aventura que en el tiempo de anteguerra. Su mano reconoció el picaporte negro de metal. Con el rostro a un palmo de la puerta cruzaron ante sus ojos las imágenes inolvidables de aquel interior, en el que ejecutaba con sus amigos todas las maniobras de los indios del Oeste y las proezas de Flash Gordon por las revueltas entre los muebles archivados. Cuando se dio cuenta de que le daba miedo tocar el picaporte, lo accionó con una violencia procedente del desequilibrio de sus nervios. La puerta lo rechazó abruptamente en todos los intentos. Urko Pínaga sintió que acababa de perder la infancia por segunda vez.

3
El cura de San Baskardo

Urko vivió un sueño revuelto. Cuando Regina lo dejó encerrado en su habitación, volvió a experimentar que los objetos se habían quedado pequeños. Reconoció su cuarto de niño. Tuvo la impresión de que las paredes se habían acercado y de que la humedad había encogido las puertas del balcón. Su melancolía se agudizó cuando al sentarse en la cama sus pies no quedaron colgando sobre el suelo.

Al cuarto sólo le quedaba una cama y una silla, y parecía el lugar más inhóspito del mundo, pero Urko creyó que se desnudaba ante testigos. Se avergonzó de verse transformado en un hombre de cuarenta y cinco años y cien kilos de peso. Al esconderse bajo las mantas lo hizo más por pudor que por frío, y permaneció tres horas con los ojos abiertos dándole vueltas a la vida. Volvió a emocionarse con las sensaciones de la jornada y entró en el sueño sin que se rompiera el hilo de su reconstrucción. A las diecisiete horas del día precedente había desembarcado del *Patricia* y pisado la tierra que llevaba temiendo desde los nueve años. Poco antes de llegar al muelle, el *ferryboat* pasó ante la playa donde Urko se bañaba de niño. Le pareció un espacio melancólico, a pesar de la masa de casas nuevas que civilizaba el paisaje. Al otro lado del Abra una estruendosa maquinaria prolongaba un espigón sobre las olas. Urko tomó con los ojos las medidas del nuevo puerto en construcción. «Me tronzan la playa», pensó. Fue la primera corroboración de sus predicciones.

Desde el taxi que le llevaba a Getxo escudriñó a su alrededor con un hambre de treinta y seis años, y sorprendió a un país que hablaba con ardor de un partido de fútbol y en el que las gentes se movían en las aceras por reglamentos. Había casas grandes y perfectas y un rebaño de niños enjaulado en un parque infantil. Había más vehículos que personas en otro tiempo y guardias de casco blanco ordenando la circulación, pero no vio un solo vagabundo ni un solo chiquillo en alpargatas ni un solo carrito con tracción animal. No obstante venir preparado para muchas cosas, Urko sintió arreciar su melancolía.

Encontró a Las Arenas y a Algorta convertidas en comunidades en expansión, con reliquias supervivientes de su tipismo. Casi hubo de recurrir a puntos de referencia geográficos para reconocer los lugares. En cambio, a San Baskardo de Getxo le quedaba algo de su carácter de aldea. A Urko se le enternecieron los ojos al descubrir los primeros maizales en la distancia y al punto le entraron deseos de fumar tabaco de mazorca. Con un chirrido triste el taxi se detuvo ante un caserón de piedra enmarcado por una vegetación dura. Era Mallatu. El edificio tenía forma de cajón, sin apenas aliños exteriores, y estaba trazado a rectas. Se alzaba en la frontera con Algorta y desde su fachada posterior se veía la mar. Urko despidió al taxi y empujó una puerta de hierro, y con la maleta colgando de su brazo recorrió la breve avenida de cipreses. La mirada se le enredó en los herrajes de la puerta y se detuvo a poner en orden sus ideas. Como desde su construcción, siglo y medio antes, Mallatu seguía albergando a los Pínaga. Vencido por la permanencia de la piedra, Urko temió haber complicado las cosas a lo largo de treinta y seis años de lecturas y meditaciones sobre España. «El mundo ha cambiado y yo no», se dijo. En las calles había encontrado un país encarrilado a la felicidad, y allí estaba su casa, resuelta a entroncar su eternidad con los tiempos nuevos. Urko cerró los ojos sumido en la confusión. Nunca recordaría si llegó a tirar de la cadena de la campanilla. Abrió la puerta aquella mujer que luego le dirían que se llamaba Alejandra, y fue entonces cuando a Urko se le enderezaron los presentimientos al recibir el fúnebre mensaje del interior y adivinar que allí estaba el cadáver de la tía Flora.

A las diez de la noche Regina lo había llevado a la cocina y preparado un poco de café y una tortilla. Urko sólo tomó el café. Luego regresaron a la vela. Contemplando a la tía Flora, Urko se preguntó si los locos también se morían con aquel aire de lucidez. Pensó en la carta. Tanto su forma como su contenido resultaban sospechosos de demencia. La carta era su único enlace con la muerta. Vio a Regina cuchichear con las mujeres del banco y la encontró superior a aquel medio. Respondía con aburridos movimientos de cabeza y cuando hablaba recurría a esas frases que pueden emitirse sin pensar. «Quizá necesitó vivir en un clima cultural más elevado», meditó Urko. «Pero si tuvo que mentir hasta ahora para que las gentes comprendieran por qué se marchó a Madrid, no tiene que mentirme a mí. Sabe que la entendería.» Le volvió a agradar su aire juvenil, que incluso se sobreponía al dolor de su rostro. Urko se encontró sacando la cuenta de sus años. «Tiene treinta y dos o treinta y tres. Mamá y la tía Flora la recogieron hacia el final de la guerra. Pero ella siempre parece una niña. Sus movimientos son de adolescente.» Desde el primer momento la había llamado muchacha en sus pensamientos. La estudió sentada y cuando salía por platitos de pastas y copitas de jerez para las visitas, y admiró las perfectas proporciones de su figura y la gracia de antílope de sus evoluciones. Actuaba con ese encanto especial de las jóvenes que a veces parecen chicos.

Urko se asombró de que Mallatu aún hubiera podido producir un fruto semejante. «Es que no es una Pínaga», pensó. De nuevo aceptó la evidencia con melancolía. A las doce, Regina lo rescató de la vela para depositarlo en su habitación.

Urko se despertó a las nueve de la mañana con la impresión de llevar un siglo acostado. Había dormido con pesadillas tumultuosas, pero todas pudo incorporarlas a la realidad cuando abrió los ojos. Oyó cantar al mismo pájaro de sus nueve años y por las rendijas del balcón se filtraban hasta el techo los mismos reflejos del jardín. Se vistió despacio para integrar en su cuerpo la pureza de los fenómenos que le aguardaron tantos años. Encontró la casa invadida por las mujeres. Una noche entera de muerto las había familiarizado con todos los rincones de Mallatu. Tropezó con ellas en el pasillo e incluso en la puerta del retrete y todas le saludaron con una rigurosa sonrisa de luto. Descubrió que despertaba más expectación que la difunta.

Se deslizó hasta la tía Flora esquivando el espionaje y despidió con un gesto a la única vecina que ocupaba el banco, cerrando la puerta. La contempló durante varios minutos, al principio recitando mentalmente su carta y luego esperando alguna forma de respuesta. Depositó en su frente un beso que le brotó del sentimentalismo de su alma, y en ese momento recordó la llave que, según Regina, siempre llevaba al cuello. No estaba.

Al oírle andar por el pasillo, su prima lo llamó desde la cocina. Urko la obedeció, después de pararse al pie de la escalera y mirar la puerta cerrada.

—Enseguida vendrá don Pedro —dijo Regina—. La conducción es a las doce.

Cruzó con ella una mirada de fatiga. La toquilla oscura que le cubría los hombros le daba un preciso aire de duelo. Se movía con la atenta diligencia de los que desean huir de la realidad. Sus ojos no expresaban nada.

Al ocupar una de las banquetas de la cocina a Urko le pareció estar más próximo que nunca a sus nueve años. Todo seguía igual, sólo que más gastado por las jabonadas. Creyó que le tocaban el alma cuando percibió el olor entrañable del carbón. La tía Flora no había claudicado ni a la electricidad ni al butano. Urko se enorgulleció de aquella solidez de carácter. Cuando Regina le puso delante un tazón humeante de café con leche, se sintió feliz.

A las diez y media se refugió en el jardín trasero. Era un espacio sombrío donde los diseños de los hombres estaban siendo arrasados por el orden de la Naturaleza. Las dos palmeritas plantadas poco antes de la guerra alcanzaban ya el tejado. También la higuera se había desarrollado escandalosamente. Urko se sentó en un banco de parque pintado de rojo y durante media hora contempló el horizonte de la mar. Luego sus pensamientos se reconstruyeron alrededor de la carta y volvió la mirada hacia el lado de la tapia donde seguía al acecho la excavadora. Pesó sobre sus hombros la presión casi física que hasta entonces creyó exclusiva del interior de la casa. La voz de Regina sonó igual que cuando su madre lo llamaba a merendar.

El pasillo estaba apaciguado. Con la mano sobre su brazo la prima le habló en secreto.

—Ya está acabando.

—¿Quién? —preguntó Urko con la penosa sensación de que lo tenía que saber.

—Don Pedro.

Regina tropezó con la misma mirada vidriosa.

—El sacerdote. He preferido no llamarte hasta ahora. Don Pedro quiere hablar contigo.

Urko advirtió que de la alcoba mortuoria se difundían por el pasillo las reverberaciones de un rezo. Agradeció a su prima la desenvoltura con que se saltaba los rituales convencionalismos. Precisó el momento exacto en que aparecería el eclesiástico por ese golpe de faldas que suele preceder a los curas enérgicos. Tuvo la visión de que entre las cabezas de las mujeres lo buscaba una cara de talo. Después se le echó encima un volumen grande y oyó una voz robusta.

—Hola, Urko. Ya era hora de verte por tu tierra. El viaje, bien, ¿eh? Ese *Patricia* es cosa buena.

Temió que una mano muy caliente fuera a destrozar la suya y enseguida se encontró caminando por el pasillo junto a un hombre repentinamente desinflado.

Urko aprovechó su quietud para examinarlo. Con sesenta y tres años, don Pedro Sarría era un ejemplar rojizo y de ojos alucinados, que lanzaba desde el púlpito unos sermones tan vehementes que parecían arengas. Muchos decían que estaba loco por culpa de haber descubierto demasiado tarde que su vocación era la de marino. En 1944 se había hecho cargo de la parroquia de San Baskardo, cuando el padre Eulogio del Pesebre del Niño Jesús, a sus ciento siete años, hubo de ser recluido en una residencia de sacerdotes porque se negaba a casar a los hombres que habían combatido con la República. Urko sorprendió la confusión que delataban sus manazas de criatura de campo y tuvo otra razón para no comprender nada de lo que allí ocurría. Buscó desesperadamente un tema común que aliviara el momento, mas no tuvo suerte. De pronto notó que don Pedro lo estaba guiando hábilmente hacia el jardín. Volvió la cabeza por casualidad y vio al fondo del pasillo a las mujeres de la vela que habían dejado a la tía Flora y los espiaban. También le pareció descubrir, semioculto en el racimo de rostros, el de su prima, y de golpe se le instaló la certidumbre de haber caído en el centro de una confabulación. Se negó a pasar de la primera palmera.

—¿Y bien? —inquirió, deteniéndose.

El sacerdote lo envolvió en una mirara suplicante.

—Nunca te hagas cura —le dijo.

A Urko se le ablandó la tensión.

—Nunca he pensado en eso —expuso, más por compasión que por ganas.

—Claro, viviendo en el extranjero —dijo don Pedro—. Siempre he pensado que el gran fallo del clero anglosajón radica en los tenderetes de la ropa. Tú me dirás dónde hay más solemnidad, si en unos pantalones o en una sotana colgados. Últimamente en España también se cuelgan pantalones. Yo no los llevo por dogma personal.

Urko le levantó la mirada con la suya hasta dejarlo indefenso.

—Dígame lo que quiere decirme.

—¿Cómo sabes que quiero decirte algo? —exclamó el cura.

—De modo que quiere decirme algo.

Urko se compadeció de él. Don Pedro sacó un gran trapo azul y empezó a recoger agua de su cuello.

—Tú eres medio policía —protestó, suspirando.

—¿Le habló la tía Flora de mí?

Urko advirtió que al tuteo del cura estaba respondiendo con el usted. «Siempre somos de nuestra tierra», pensó. Echaron a andar como si se hubiesen puesto de acuerdo.

—Conozco de tu vida todo lo que conocía ella.

Urko sintió que le miraba con una reminiscencia del orgullo de los viejos curas de pueblo que controlan a sus feligreses.

—Sé que te metiste a escribir historias. Tu tía presumía de tener un pariente novelista. Solía decir que la vena te llegó de ella. ¿Sabes por qué? Porqué llevaba un diario.

Urko le supuso esponjado por la expectación provocada, pero enseguida rectificó. Aquellos ojos seguían emitiendo la misma súplica. Giró hasta colocársele enfrente.

—¿Por qué se calla y no me lo dice de una vez? —exclamó.

—No tengo nada que decirte —deslizó el cura.

—Usted lo admitió.

—Yo no admití nada. Los escritores interpretáis a vuestro gusto las palabras.

—Comprenda. No es curiosidad malsana. Soy un Pínaga, aunque me estoy preguntando si después de treinta y seis años tengo derecho a meterme en las cosas de mi familia.

Sacó la carta y se la tendió. El cura la leyó con una lentitud exasperante, como si se le hubiera olvidado leer.

—¿Estaba loca? —preguntó Urko.

Don Pedro se endureció de los pies a la cabeza.

—Flora Pínaga era la mujer más cuerda que he conocido —declaró, devolviendo el papel.

—Creo que su actuación dentro de la casa fue extraña.

—Los actos extraños suelen ser las pruebas más palpables de lucidez.

—La carta está escrita durante una crisis de desesperación. ¿Sospecha usted lo que podía atormentarla?

Don Pedro se retrepó en la propia grandura de su cuerpo.

—No —dijo.

Urko se encontró de nuevo caminando a su lado.

—Eso también puede significar que lo sabe con certeza.

Tuvo la impresión de que peloteaba en un diálogo de novela policiaca. Le desmoralizó el recuerdo de que siempre escribía apoyado en un principio falso: el autor obedece al criminal hasta la penúltima página. Tomó una yerba del suelo y se puso a masticarla en silencio, pensando: «Ahora no estoy escribiendo. Es inmoral aplicar a Mallatu mis malditos laberintos. La vida es más sencilla». Al volver a la realidad se encontró con que era conducido del brazo. La proximidad de los cuerpos le hizo subir hasta las narices un olor de carne fofa oprimida. Cruzaron el jardín hacia el costado este en el más absoluto silencio y dejó de sentir la presión en el brazo a dos metros de la tapia. Estaba familiarizándose con las oscilaciones temperamentales del cura. En breves minutos le había visto pasar varias veces del ímpetu al desmayo y viceversa, con una simplicidad inquietante. Ahora lo sorprendió con el rostro desfigurado por la pasión.

—Si yo fuera un Pínaga le ponía una bomba.

Al extremo del brazo del cura apuntando hacia arriba Urko encontró la excavadora. Le pareció un artefacto de la ciencia ficción.

—Es la ley de la fuerza —prosiguió don Pedro—. El Ayuntamiento ordena y ¡hala!, a jorobarse todos. Ayer hablé con el alcalde. «No disfruto tirando casas», me dijo. Yo le dije que Mallatu no es sólo una casa; que guarda para Getxo una emoción histórica irrepetible, pues en la vieja mansión sobre cuyos cimientos se edificó la actual durmió una noche Cristóbal Colón al regreso de uno de sus viajes, y a la mañana se dejó olvidado un saquete con las primeras patatas que llegaban al continente y que un Pínaga las sembró a la hora del Ángelus. El alcalde me preguntó si yo creía en esas cosas. «Creo en otras peores», le dije. Me mandó a mi iglesia nombrándome el Concordato.

Urko ya conocía aquella leyenda sobre Colón, en la que siempre le gustó creer. No dejó de agradarle el furibundo interés de aquel cura por Mallatu, pero algo quedaba en el aire.

—¿Por qué ayer, precisamente? —inquirió.

—¿Ayer, precisamente? —repitió el cura.

Urko comprendió que metió la pregunta para ganar una tregua. Esta certidumbre le devolvió a la complejidad de sus novelas.

—El primer aviso municipal de demolición se recibió hace dos años, y usted ha esperado a que faltasen cuatro días para...

Don Pedro se derrumbó a plomo. Urko lo vio entrar en su fase de postración.

—Es que no me lo acababa de creer —musitó. Hizo un poderoso esfuerzo por reunir las fuerzas desperdigadas por su cuerpo y miró con unos ojos desquiciados—. Lucha por tu casa. No permitas que sobrevenga la tragedia por un sacrilegio urbanístico. Tu tía te lo agradecerá desde el cielo.

Urko se asombró de no haber pensado hasta entonces en la posibilidad de enfrentarse al destino. «Todo se debe a mi fatalidad de exiliado», pensó. Pretendió que la pregunta fuera algo más que una concesión al cura:

—¿Qué se puede hacer?

Don Pedro había empezado a clavar en la tierra el tacón de su zapato y a dejar firmes trazos sobre la yerba, componiendo a tirones una recta. Parecía poner en su tarea un desinterés que contrastaba con la profundidad del surco.

—Habla con el alcalde —dijo el cura—. A ti te escuchará.

—Sospecho que mi tía dio este mismo paso, sin fortuna.

—Claro. Se plantó el sombrerito de flores y allá fue. Pero lo hizo sin convicción. Confiaba más en sus rezos que en su gestión personal. Un día, me dijo: «Esto no es una guerra, y sólo en las guerras se atenta contra la intimidad de las personas».

—Intimidad —repitió Urko.

—Debes ir al Ayuntamiento.

—¿Por qué supone que conmigo será diferente?

—Por dos razones: eres medio inglés y en nuestra tierra los ingleses siempre han sido algo. Y eres un turista; en España, el turismo hace hoy milagros.

—También el clero —señaló Urko, incorporándose de lleno a una de sus obsesiones de exiliado.

Don Pedro dibujó en el aire un signo impreciso. Su tacón seguía trazando en el suelo. Iba con el segundo tramo, perpendicular al primero.

—Eso era antes —dijo—. Ahora la gente sólo va a los confesonarios a confesarse. Los curas jóvenes rechazan las subvenciones estatales. Pero todo volverá a los principios: la Iglesia es inmortal.

Se expresó sin énfasis, sumido en el marcaje del suelo. Al final de la segunda recta hizo girar todo su ser sobre el tobillo un ángulo de noventa grados, como ya hiciera antes. Con el tercero y cuarto surcos cerró un rectángulo perfecto.

—La tierra es el primer material de juego para los niños —dijo—. Ella guarda todos los secretos. Me gusta tocarla. También Flora amaba la tierra.

Urko observó el abandono vegetal que reinaba a su alrededor, pero no hizo ningún comentario. Pensó que a don Pedro también le empezaba a fallar la interpretación de la realidad. La sospecha se articuló con la imagen de aquel enorme cura jugando como un niño a las rayitas.

Don Pedro leyó en sus ojos.

—Somos de la tierra —dijo sombríamente. Su figura se clavó en la figura geométrica del suelo—. Nunca te hagas cura —añadió.

Urko lo vio enterrarse más en la depresión sin haber salido de ella, y cómo la mandíbula se le caía del rostro.

—Convence al alcalde —le oyó susurrar.

Por fin, don Pedro retiró sus ojos del rectángulo y echó a andar hacia la casa. Urko creyó que le había olvidado. A los seis pasos el cura volvió la cabeza.

—Convence al alcalde —dijo en tono agónico.

Reanudó su retirada. Esta vez no se detuvo hasta alcanzar la puerta de acceso al jardín. Tenía tan rotos los músculos de la cara que no pudo formar ninguna expresión. Se volvió a mirar a Urko.

—Convence al alcalde.

Y aún repitió por cuarta vez:

—Convence al alcalde.

Sin poder explicárselo, sobre el aire del jardín Urko volvió a leer las palabras de la carta transmitiéndole otra insistencia: «Ven. Ven. Ven».

4
También se entierra con sol

Urko vivió el entierro abrumado por la conciencia histórica. Estaba seguro de que en el trayecto la gente le miró como a un intruso que venía a estorbar la lógica liquidación de la familia. Hacía un sol de domingo. Al descender del automóvil entró en contacto con la tierra familiar de La Galea y tuvo la impresión de que a través de ella le llegaba la trepidación de la mar. Le entró un estremecimiento al recordar la leyenda de los cementerios costeros que se vacían por el fondo.

El exiguo acompañamiento aguardó la llegada del cura formando un grupo escultórico. Urko revisó los rostros uno por uno, buscando el rastro de algún Pínaga, pero sólo reconoció a Regina y a Alejandra. La interina era la única que lloraba, con una dureza varonil. Urko percibió la intensa respiración de su prima. En ese momento oyó el estampido de unos faldones.

El responso de don Pedro fue concienzudo, pero Urko observó que toda su atención estaba sobre su persona. Le recorrió una confusa sensación de culpabilidad. El sepulturero preguntó con expresión apacible si levantaba la tapa. Alejandra y Regina se adelantaron. Urko miró a pesar suyo. Dormida entre almohadones había una tía Flora de treinta años que le remitió al tiempo de preguerra. Regina le puso una flor sobre las manos y Alejandra le enderezó el hábito y le espantó una mosca de campo. La metieron en el panteón de la familia por una abertura de buzón. Urko sintió hasta ese último momento los ojos del cura poniéndole cerco.

—Tenía sus cosas, pero era una buena mujer —oyó decir a su lado.

Alejandra había interrumpido su llanto, mas fue entonces cuando se le desgarró la expresión. Urko retrocedió con ella unos pasos.

—Qué cosas —susurró.

—Rarezas de dentro de casa. Cosas de mujeres.

Se había contagiado del tono secreto de Urko. Este volvió la cabeza y Alejandra acusó en el silencio la repetición de la pregunta. Pero siguió sin hablar. No quería pasar por chismosa, o simplemente le asustaba el momento.

Urko insistió.

—Sé que solían faltar objetos.

La mujer asumió una actitud digna.

—Yo no soy una ladrona.

Urko se apresuró a precisar.

—Me refiero sólo a ella. Dice Regina que hacía desaparecer cubiertos, servilletas, libros. ¿Lo notó usted?

Los ojos de la mujer brillaron con un descubrimiento.

—Entré a trabajar en Mallatu el 2 de octubre del año 64. Regina había huido tres días antes.

—Huido —repitió Urko.

La mujer sostuvo el término endureciendo la boca. Urko regresó a la fecha.

—2 de octubre del 64. ¿Qué sucedió después?

—A eso iba. No sucedió nada. Jamás faltó ni un palillo.

A punto de emitir la siguiente pregunta, Urko se sintió en el centro de un vacío al percibir sobre ellos el haz de miradas silenciosas. Excepto el cura, todos les observaban con una impaciencia estática. Don Pedro parecía estar mimando aquel interrogatorio con su permanencia en el lugar. Giró hacia la puerta del cementerio cuando Urko le demostró que lo había clausurado.

Toda la gente huyó en los cuatro coches que aguardaban al otro lado de la tapia. Urko había propuesto a su prima regresar a pie y ella aceptó. Alejandra sacó el brazo por la ventanilla para pedir a Regina la llave de Mallatu. Desde el fondo del primer coche recibió Urko una mirada recta, demasiado pegajosa.

Iniciaron el paseo bajo el blando sol de septiembre. Les dio tiempo a alcanzar el borde de la meseta sin cruzar una palabra. Urko vio por segunda vez la playa al cabo de treinta y seis años. Como le sucedía con todas las cosas desde su llegada, la vio reducida, pero pronto descubrió que la merma del escenario no se debía sólo a la pérdida de su mirada de niño. Buscó la cresta de peñas que siempre dividió la playa por la mitad y ni siquiera la encontró pequeña: simplemente, no la encontró. En todo el perímetro la arena había trepado varios metros por el acantilado, tragándose medio paisaje. Urko se encontró ante una playa desconocida.

Con una meticulosa ojeada al mundo circundante tuvo noticia de un proceso que duraba toda la posguerra. Habían desaparecido las grutas donde jugaba a los indios; apenas asomaban en la bajamar los canales donde aprendiera a nadar; identificó los manchones que ennegrecían la arena como petróleo; ni un solo pescador circulaba por el mundo de las peñas. Urko creyó estar viendo una ciudad fantasma. También descifró las causas: las obras de los hombres habían alterado las corrientes de la mar y dos petroleros limpiaban fondos en la bahía.

—España vive una era de esplendor.

Se arrepintió de la frase al sentir los ojos de Regina. Seguía sin desligar su problema personal de la política. Miró a la prima, al principio pidiendo comprensión y luego por curiosidad, para medir su dolor ante el paisaje. La vio flotando en una actualidad sin pasado, porque sólo pertenecía a una época. Su expresión destilada le señaló que la perturbación de la playa ocurrió antes de su incorporación al mundo. Urko se sintió solo en La Galea.

Regina colgó en el escenario unas palabras sin peso.

—¿Cuándo regresas?

—No lo sé.

—Yo tenía dispuesto salir el día 20.

—¿Cuándo es?

—Faltan cuatro días.

Urko no supo si ella se alegraba o no de la proximidad de la fecha. Tampoco acertó a descifrar el efecto que le causaba a él mismo la deserción de la muchacha. Este matiz de su idea le devolvió al cementerio.

—He hablado con... con...

—Alejandra. —Regina sonrió—. Todos lo hemos visto.

—Empezó a trabajar en Mallatu el 2 de octubre del 64. A partir de ese día no volvió a faltar nada en la casa.

Los labios de Regina recuperaron la línea recta.

—Sí, las cosas cambiaron desde entonces. Mamá se convirtió en otra mujer. Creo que le afectó bastante mi decisión de vivir independiente.

—Ya no faltaron menudencias.

—No, ya no volvió a faltar nada.

Urko cargó la mirada.

—¿Tanto crédito das a... a Alejandra?

—Es que yo misma lo comprobé. El resto de los veranos Mallatu fue una casa normal.

Al ver el asombro de su primo, ella añadió:

—¿No era lógico que pasase las vacaciones en mi hogar?

Y todavía añadió, con un asomo de reto en la boca:

—Sí, mi hogar. Lo ha sido, por fin, estos últimos nueve veranos. Lo ha sido como nunca lo fue.

Urko la miró largamente y ella afirmó la expresión.

—Aunque me dio miedo introducir un nuevo cambio, regresar a lo de antes. Pensé que si la separación había curado a mamá, una vuelta a la primitiva situación haría perder lo ganado. ¿Me comprendes? Tuve miedo, miedo. Por eso continué pasando los inviernos en Madrid. Por eso pedí a Alejandra que me informara antes de regresar el primer verano.

—Y las noticias de Alejandra fueron consoladoras. De modo que viniste. Pero, en octubre, nueva huida.

—¿Por qué la llamas huida?

—Yo, no: Alejandra.

Regina ahogó un suspiro.

—Bueno, ella le tomó cariño a mamá. Y como no la había tratado... «antes».

Urko descubrió que cada vez entendía menos.

—Me hablas de miedo, pero no lo tuviste en los veranos.

Permitió que diera media vuelta y se alejara meditabunda. La alcanzó y se acopló a su paso.

—El mundo no es el mismo en verano que en invierno —dijo Regina—. Al menos, no lo es para una niña... Y yo, en esto, lo sigo siendo. ¡Qué terribles noches de invierno!

—¿Es que esa niña no conserva ningún mal recuerdo de los veranos?

—Te digo, Urko, que los espantosos ruidos de aquellas noches se relacionan únicamente con truenos, lluvia contra los cristales, palmeras azotadas por el viento, rugido de la mar... Sí, es como una película de Hitchcock. Y no te rías. Este hombre nos estremece porque palpa fibras reales. Tómame por un personaje suyo, si lo deseas. En mis noches de Madrid me asaltan las mismas pesadillas de invierno que en Mallatu. Te diré otra cosa, Urko: quiero la desaparición de nuestra casa. Lo lamento; no lo puedo remediar. Mientras exista, siempre pesará sobre mi cabeza la amenaza de un regreso definitivo. Debo salvar a la niña. Espero que esto la salve.

Urko sacó la pipa.

—¿No basta la muerte de la tía?

—He pensado en ello. Quiero limpiar su recuerdo. Necesito cargar toda la responsabilidad al piso cerrado.

Urko le leyó en los ojos la misma zozobra que solía describir en sus novelas. Luchó por cerciorarse de que no era cosa de su fantasía literaria.

—Pero una profesora de filosofía no cree en fantasmas.

—Aquella niña sí que cree. Los vio y los oyó. Todavía es capaz de ver a mamá vagando por la casa con una vela.

—Ahora es diferente. Ella ha muerto.

—Ahora es peor.

Tras quince años de novelas policiacas, Urko palpó por primera vez un miedo auténtico. La miró fijamente.

—Tienes que entrar conmigo en ese piso.

No necesitó de más respuesta que la expresión de aquel rostro. Sí, era el de una niña aterrorizada.

—Es la única forma de liberarte...

Desistió. Por unos instantes Regina quedó petrificada. Urko prensó tabaco con meticulosidad.

—Además, tienes miedo de descubrir que el piso nunca guardó nada... inquietante.

—No lo sabré jamás. Confío en ti.

Regina sacó algo del bolsillo de su chaqueta sastre, que depositó en la mano libre de su primo. Urko bajó la cabeza y vio la llave. Era una pieza antigua, pero no grande, con el color triste de los hierros que apenas se usan.

—Así no tendrás que pedírmela.

Urko le sorprendió en los extremos de la boca los hoyos burlones. Le pareció más encantadora que nunca. Se pasó la llave a la mano de la pipa y al prender el tabaco la estuvo examinando a un palmo de sus ojos. Pero no pensaba en ella.

—Han sido nueve años inútiles —dijo de pronto.

Regina volvió el rostro en silencio.

—Sí —prosiguió Urko, apagando la mecha con el aire de la afirmación—. Todo volvió a la calma. Con una mujer ausente y la otra transformada, Mallatu fue un remanso. Entonces, se escribe la carta. Sí, nueve años inútiles.

—¿Qué tiene que ver la carta con esos nueve años? —preguntó ella.

—¡Nada! A eso me refiero. No tiene ninguna relación con ellos. Los anula. Una carta tan atormentada pertenece a la época turbulenta que me has descrito, la primera. La tía Flora seguía siendo la misma. Los nueve años son un espejismo que no nos debe engañar.

—Te aseguro que la tía cambió.

—Bien, entonces debemos buscar lo que no cambió en Mallatu. Fuera lo que fuese, la tía volvió a conectar con ello, y regresó la angustia y nació la carta.

—Perdóname, Urko, pero creo que estás diciendo tonterías.

Él lanzó un suspiro interminable.

—No te preocupes: yo también lo creo.

Se sintió vencido por las circunstancias. De nuevo lo alarmó la sospecha de actuar influido por sus malditas novelas policiacas. Miró por última vez la playa perdida antes de alcanzar el primer chalet del monte, y se le redobló la añoranza. Pensó que ahora sentía de verdad a la tía Flora del todo muerta. Con una losa en el alma empezó a caminar por un mundo extraño de casitas impecables y jardincitos de juguete, y luego de bloques de cuatro pisos que le acabaron de destroncar con el pasado. Sólo por casualidad podía identificar en el paisaje alguna piedra, alguna casa antigua, algún árbol de su niñez. Ante la verja de Mallatu cayó en una desazón y resolvió huir de allí en el ferryboat en cuarenta y ocho horas.

Alejandra les había preparado un pollo con ensalada. Comieron en la cocina, en silencio, abrumados por la soledad de la casa. Urko sufrió una nueva derrota cuando el paladar le señaló que el pollo era de batería. Recordó las fieras que en otro tiempo se criaban en aquel mismo jardín, que contempló verdaderas cacerías: después de que su padre le cortara la cabeza de un hachazo, un gallo cubrió a la carrera seis vueltas alucinantes. Cada vez más deprimido, Urko concluyó su plato por pura concesión a las dos mujeres. Después Alejandra les sirvió una fuente de higos. «Son de casa», indicó. Urko se precipitó sobre ellos como un desvalido y los saboreó con los ojos cerrados. Logró regresar a sus masticaciones de la infancia, pero la solidez de aquel recuerdo, en vez de traerle consuelo, le agravó la melancolía.

Pasaron la tarde cumpliendo un recorrido sentimental por la casa y el jardín. Urko se asombró de los muchos lazos que le unían a su prima. La vio llorar ante algunos rincones que a él le pusieron una nostalgia dolorosa. En tales momentos se miraban en un silencio de complicidad, a pesar de que los habían vivido en distinto tiempo. Hablaban únicamente para aflojar la tensión, recurriendo a temas actuales. Aquella tarde Urko la vio transformada en una verdadera Pínaga.

A las seis ella comentó que en principio se propuso dormir en la casa hasta el miércoles. «Pero ahora es diferente. Estás tú.»

—Bueno —dijo Urko, comprendiendo.

De pronto tropezó con algo que no encajaba.

—¿Te disponías a pasar aquí, sola, cuatro noches?

—No, con Alejandra.

—No hay más que una cama.

Regina se ahogó unos instantes.

—Desde esta mañana, dos.

Volvió el rostro. Urko supo que estaba llorando y se recriminó por sus recelos.

Más tarde advirtieron que la interina llevaba tiempo empeñada en una limpieza a fondo de los aposentos desmantelados.

—Déjelo —le pidió Urko—. Está emperifollando a un muerto.

La justeza de la frase le mitigó su inconveniencia. Fue otro placer morboso traído por el desaliento. Alejandra le replicó con una humedad punzante en los ojos.

—Esos lochabacos de la piqueta no verán una mota de polvo.

Urko miró a Regina y supo que pensaba igualmente que acababa de hablar la tía Flora. Vivió el resto de la tarde pendiente de si Alejandra pedía la llave y a las ocho se convenció de que el piso alto nunca fue dominio de la interina. «Era un mundo exclusivo de la tía. Sólo ella lo pisó en treinta y seis años.» Se le hizo un siglo el tiempo que tardaron en irse las mujeres. Alejandra ya esperaba a la puerta, con su chaquetón mate y el pañolón a la cabeza, mientras Regina no arrancaba a despedirse.

—Te hemos preparado la misma cama, Urko.

—Gracias.

—En el armario de la cocina hay galletas y leche.

—Bueno.

—Mañana volveremos temprano.

—No fuerces la hora. Yo ya me arreglo.

La acompañó hasta la puerta a todo lo largo del pasillo, admirando por detrás su graciosa figura con trinchera de cinturón. «No es posible que esta muchacha esté sin novio», pensó. Se detuvo cuando ella lo hizo, en el mismo umbral, y cuando creyó que le oiría otra recomendación doméstica, le asombró con una noticia.

—Preferí que fueras tú y no don Pedro quien entrara el primero en ese piso.

Urko la miró en un silencio confuso.

—Esta mañana me pidió la llave —agregó Regina. No dio ocasión a Urko a pasar del asombro—. Empápate de Mallatu, primo. En realidad, por eso te dejo solo. Soy una mujer moderna.

—El cura me dijo que la tía llevaba un diario.

—Es algo que ignoro.

A Urko le pareció que era sincera. Luego hizo un esfuerzo para regresar a la actualidad.

—Y tú, ¿dónde duermes?

—En mi casa —dijo Alejandra con un vigor innecesario.

Urko recibió la impresión de que la mujer estaba raptando a su prima.

—¿Por qué no duermen aquí las dos? —preguntó.

—Sí, de canto —gruñó Alejandra.

Regina sonrió.

—Ya sabes: sólo sobra una cama.

Luego perforó a Urko con su mirada.

—Recuerda que confío en ti.

Alejandra soltó al desgaire una indicación.

—He puesto sobre el arcón dos papeles que han salido en la limpieza, por si valen.

Las vio alejarse por la avenida de cipreses a la semiluz del atardecer. El ruido de sus pasos levantó un concierto de perros en el barrio. A Urko le costó creer que sólo cuatro generaciones de ladridos le separaban de aquellos que tanto le impresionaban por las noches. No hizo el menor esfuerzo por que sus pensamientos no tomaran el rumbo del cementerio. Los perros, aquel porche recobrado y el fuerte olor de geranios le facilitaron la evocación del rostro de preguerra de la tía Flora. Permaneció varios minutos disfrutando con los recuerdos, queriendo convencerse de que no tenía prisa. Luego se enfrentó al pasillo llevándose todo el momento.

Tomó maquinalmente los dos papeles del arcón, sin acordarse del aviso de Alejandra. Uno era un impreso de propaganda de jabón; el otro llevaba membrete del Ayuntamiento. Urko regresó de su viaje al pasado y leyó de un golpe de vista la dura redacción municipal. Era el ultimátum de desalojo de Mallatu. Se fijó en la fecha: 5 de septiembre. Sacó precipitadamente su cartera y desdobló la carta de la tía Flora: 5 de septiembre. Urko se preguntó por qué había dejado pasar tantas horas sin visitar el piso de arriba.

5
Una noche de trabajo

La escalera era recta, hecha de tablas enteras, y, subiéndola, Urko se rindió a la idea de estar viviendo una de sus novelas. Alcanzó el rellano con la sensación de estar inventándose a sí mismo, y permaneció ante la puerta inolvidable tratando de acomodar el difícil mundo de los mayores a la simplicidad de la infancia. Con un golpe de voluntad logró finalmente dejar de ver con ojos de niño aquel escenario e incorporó la realidad de la notificación y de la carta a la atmósfera de ficción. «La tía recibió el ultimátum el día 5», pensó, «porque el Ayuntamiento se lo entregaría en propia mano, por su importancia y por vecindad. La carta es de esa misma fecha. El ultimátum provocó esa carta tan penosa.» Empezó a sacar la llave del bolsillo. «En Mallatu existe algo que la tía necesitaba salvar de la demolición. Algo que no podía llevarse. Algo más fuerte que los simples recuerdos.»

La cerradura funcionó con una sencillez decepcionante y la puerta se abrió como si girara sobre plumas. Urko sintió que algo fallaba con aquella sorpresa.

Pulsó la pera de la luz y se encendió sobre el techo una bombilla patética. El piso que le recibió también tenía un aire de cosa recién hecha. Parado en el umbral, sin atreverse a dar el primer paso, sufrió lo indecible añorando el tiempo en que hasta los adultos parecían transparentes. Al comenzar a andar por el pasillo, el orden y la limpieza le pusieron en el alma la triste impresión de que perdía otro vínculo con el pasado. Habían desaparecido los muebles apilados, la costra de polvo y la magnífica atmósfera de escombrera. La única relación con su niñez era el aire estancado.

La distribución de aquel piso era semejante a la del de abajo. Urko lo recorrió con desapego, preguntándose por los baúles de las emboscadas, las colinas en la cumbre de los armarios y los campos de batalla de los colchones. Lo encontró casi todo, emplazado como por milagro, en los dos cuartos del fondo, componiendo dos masas sin fisuras aplastadas por el techo. Los escasos muebles restantes se repartían por las otras habitaciones, ocupándolas como por compromiso, en un remedo de hogar. Urko pasó el dedo por varias superficies y precisó un polvo de pocos días.

Al término del escrutinio pensó que faltaba algo. «Quizá no haya nada más. Quizá sea todo más sencillo.» Al punto le brotó otra explicación más convincente. «Es que no sé lo que debo encontrar.» Entonces descubrió la puerta cerrada.

Llevaba mucho tiempo mirándola, sin verla, y había pasado de largo ante ella porque su apatía le guio hacia los cuartos abiertos. La cerradura era tan blanda que la puerta se abrió al primer roce. Sin distinguir apenas el interior, Urko recuperó de golpe la curiosidad, al recibir de lleno el aliento humano que desprendía el aposento. Entró en la intimidad de un perfume de frasco, de un silencio vivo y de una armonía de objetos. «Es el segundo cuarto de tía Flora», pensó con un estremecimiento. Dio la luz, consciente de que se trataba de una simple comprobación. El escenario desbordó sus sospechas. Era una auténtica alcoba de obispo, un dormitorio femenino, recargado y meticuloso, con una inmensa cama arzobispal con palio, un gran armario de dos espejos, un suntuoso tocador atiborrado de botellines, sillas mullidas, sillones con tapetitos y cortinas aparatosas. Urko creyó reconocer los muebles; de entre todos los de Mallatu habían sido seleccionados para aquella habitación los más artificiosos. Reinaba el orden y la limpieza; se diría que allí vivió alguien hasta la víspera. Era una creación auténticamente femenina. En cada rincón se respiraba ese toque desesperado de las almas tiernas que se empeñan en alterar la realidad con puntillas. Pero en medio de tanta feminidad había un retrato de hombre.

Al descubrirlo, Urko sintió que su metabolismo se aceleraba. Presidía la alcoba desde la cabecera del lecho, desde el trozo de pared reservado a los santos. Para vencer la penumbra que proyectaba el palio, Urko extrajo su linternita y se apoyó en la cama. Era el primer objeto de la estancia que tocaba con su cuerpo y le recorrió una ráfaga de culpabilidad. Se movía con miedo, consciente de estar cometiendo una profanación. Nunca había visto a aquel hombre de veinte años. Tenía el pelo cortado a cepillo, una camisa blanca de día de fiesta y la expresión pasmada de los retratos de pueblo. Urko se enderezó bajo la súbita impresión de que no estaba solo en el cuarto. Miró debajo de la cama, abrió las puertas del armario y revolvió el interior, pasó por detrás de las cortinas, hasta convencerse de que todo se debió a la insólita irrupción de aquel retrato en el pasado de la tía Flora. «De modo que por esto clausuró el piso», pensó en alta voz. Se sintió en la frontera de un mundo indescifrable y durante varios minutos no pudo articular una sola teoría. Al reaccionar a medias de su estupor se sorprendió ocupando uno de los sillones.

Sacó la pipa y el tabaco e inició la carga. Demoró cuanto pudo hacer suposiciones, por su eterno pudor a tocar las intimidades ajenas. Londres le había enseñado a vivir dentro de un caparazón. Tardó una hora en atreverse a pensar que lo de aquella alcoba era diferente. «Tengo la obligación de hacer conjeturas. La tía me llamó por algo grave, y si ella no me lo pudo decir, yo he de averiguarlo. Al parecer, mi presencia era una solución. Nada ha cambiado en Mallatu, excepto la tía, que ha muerto. Lo que ella quería que se arreglara, sigue aquí, intacto. Debo hacer conjeturas para llegar al misterio.» La última palabra lo dejó desmoralizado. «Ya estoy con mis novelas. ¿Cómo saber si me mueve esa carta o mi hábito de inventar intrigas?» Fumó durante otra hora con la aparente placidez de una morsa en reposo. Tenía los ojos abiertos, pero no se fijaba en el anacrónico decorado de la habitación. La nueva frase sonó a desaliento. «Quizá sólo me quería para visitar al alcalde.» Se levantó bajo un impulso de protesta y llegó hasta la cama. Perdida en su manaza, la linternita trató de desnudar con su luz la expresión del retrato. «¿Quién eres, amigo?» Urko sintió entonces por primera vez la opresión de un pasado que no le pertenecía. El respeto dulcificó la tensión de sus músculos y regresó mansamente al sillón. Sacó su cartera y de ella la carta, y la sostuvo con firmeza ante sus ojos para ofrecer una justificación a sus conjeturas. «Según Regina, estaba loca. Esto simplificaría mucho la situación. Se enamoró de este hombre, lo perdió y transformó la habitación en un santuario a ese amor. Fue su obsesión, la única razón de su vida. Ella lo creó y ella lo atendía. Hizo de este piso un mundo, lo limpiaba personalmente, sin permitir que nadie lo pisara. A veces, dormía en esta cama, para estar más cerca de "él", y quién sabe bajo qué apasionadas evocaciones de amor. Escribió la carta como recurso extremo para salvar al santuario de la excavadora.» Quedó bastante satisfecho de su hipótesis. Sacudido por su inspiración, perdido todo pudor, Urko se apoderó del retrato. Lo descolgó de la pared y regresó al asiento. El marco era un cuadrado de dos palmos, en cuyo centro la fotografía del hombre se perdía en un solar blanco. Al darle la vuelta, Urko advirtió que había sido montada por un principiante. Desprendió la sucia tapa de cartón de los clavitos que la sujetaban y llegó al dorso de la fotografía. Una malla de tiras de papel engomado la fijaba por detrás a la cartulina. Respetada como de milagro se leía, a tampón, la marca del artista: Foto Rodríguez. Todo era decrépito, gastado y con manchas amarillas de vejez, pero destilaba una emotiva vocación de supervivencia. Urko se imaginó a la tía Flora armando con sus dedos de alambre aquellas piezas que se le desmadejaban. «¿En qué año sucedió esto?» Despegó las tiras y volvió la fotografía. El amor de tía Flora fue un hombre de unos veintitrés años, con cara de niño y labios lánguidos. Era un retrato de feria, con el fondo de una torre de Pisa de cartón. «Era un hombre de campo o de oficio. De campo, de campo. ¿Qué carácter tuvieron sus relaciones? ¿Qué les ocurrió para que llegara... esto? La guerra. Seguramente, él murió, haciendo de la tía una novia eterna. En ese tiempo, ella tendría, sí, cerca de treinta años. Alguien se opuso a esas relaciones, o se opusieron todos: la familia de él, por la diferencia de edades, y la de ella, por lo de siempre, porque una señorita debía aspirar a más. De modo que la guerra arregló las cosas. ¡Caramba, la tía Flora enamorada!» El descubrimiento de aquella novedad le puso a Urko más lejos que nunca de Mallatu y de su tierra.

Fue despertado abruptamente por una sospecha que se le cruzó en el cerebro. Se encontró en el mismo sillón, con el cuadro desarmado sobre las rodillas, en los labios la pipa encendida y la certidumbre de haber dormido una hora. «No se trata de la tía, sino de Regina. La loca es mi prima. O la muy lista. El chico de la foto le pertenecía. Quizá organizase una vida con él, manteniéndolo escondido. Entonces la llave no era de la tía sino de ella. Y sus pesadillas de infancia, sus terrores, una farsa. Pero ¿por qué, por qué llevar de ese modo sus relaciones clandestinas? Sencillamente, porque estaba loca. ¿Y él? Quizá todo se iniciara como una aventura juvenil: se amaban, las familias se lo prohibían, ¡menuda era la tía Flora!, y una noche Regina metió al mozo en Mallatu. Quizá la siguiente mañana les sorprendiera dormidos. No supieron reaccionar, no se atrevieron a enfrentarse al mundo. Quizá la mente loca de Regina lo había preparado así. El caso es que él no reaccionó —tiene cara de panoli— y ella le sirvió la primera comida secreta. ¿Cuántos años duró aquello? Hasta que mi prima, por lo que fuera, resolvió abandonar Mallatu y vivir independiente. ¿Es que había muerto el chico? ¿O fue el amor el que murió? ¿O acaso la tía Flora descubrió el juego, o se cansó de él y los arrojó de la casa, y ahora ambos viven en Madrid? ¿La tía consintió alguna vez en lo que, sin duda, hubo de considerar libertinaje? Quizá pasase por todo ante el temor de que Regina la abandonara. Ya no se podía hablar de boda, por no airear el escándalo.» Urko vació sus pulmones en uno de sus suspiros sin fin. «Tonterías. Las cosas siempre son más sencillas. Es la tía la gran enamorada de esta historia, y he aquí su templo romántico, del que se alimentó hasta la muerte. No me la imagino en ese papel, pero es que la veo con los ojos del sobrino-niño de aquel tiempo. Aquella tía Flora era una mujer.» Se sumergió en sus recuerdos de infancia, tratando de fijar la cara humana de aquella sombra que siempre le persiguiera velando por el orden y la limpieza. Recuperó trabajosamente unos ojos huidizos, un cabello que parecía de una pieza y unos pasos incansables que se deslizaban sin ruido. Se preguntó cómo sería aquella mujer de treinta años que a su entrada a la vida ya encontró en Mallatu, como un mueble. Evocó la voz que nunca persistía en el aire, los gestos que apenas emergían de las ropas, la presencia que en todo momento se podía descartar sin advertir su pérdida, y la neblinosa imagen de la tía empezó a tomar consistencia. En treinta y seis años nunca la había sentido tan cerca. «Es el escenario», pensó, buscando más inspiración en el trasnochado dormitorio. Recorrió el pasado con los ojos abiertos, deteniendo su mirada en los puntos del cuarto que más reconstruían a la tía Flora. La legión de tapetitos inmaculados le trajo el recuerdo de una mujercita que pasaba las tardes bordando en un sillón. «¿Qué pensaba la tía en aquellas sesiones? ¿Conocía ya al hombre del retrato? Jamás le sorprendí en el rostro una sola emoción juvenil. Pero ¿acaso sabía yo entonces cómo eran las emociones juveniles?»

La vista de la cama lo transportó al largo mes en que ella permaneciera postrada por inapetencia. «¿Fue el amor lo que la puso así? Sucedió poco antes de la guerra. Se quedó en los huesos; nadie conseguía hacerle comer.» Ante los frascos del tocador y los tres espejos, Urko se preguntó si su tía se acicaló alguna vez como una joven. Conservaba de ella la imagen de una señora mayor, muy severa en su ornamento. Se esforzó por recordar algún cambio en los tiempos de preguerra que le pusiera sobre una pista, mas fracasó.

Según se gastaba la noche fue descubriendo que los recuerdos más viejos los tenía más próximos que los nuevos. Por ejemplo, no podía recordar si la tía Flora salía de paseo las tardes de los domingos que precedieron a la conflagración, y en cambio recordaba cómo eran los zapatos que la familia le regaló en una cajita con lazo al cumplir sus veinticinco años. Perdió unos minutos meditando sobre el hecho de que la vida es un pez que se muerde la cola.

A las ocho de la mañana volvió a despertar de un modo bronco. Se le cortó el sueño cuando una voz de hombre le recriminó desde la cama: «Hay que respetar las intimidades ajenas». La luz del lunes asomaba por los bordes de la cortina del balcón, pero Urko no movió un dedo para que entrara. Había sido un sueño tan real que abandonó el sillón para cerciorarse de que el lecho estaba vacío. Su mirada repasó mentalmente toda la estancia, como descubriéndola por primera vez. «Tiene el sello de la tía Flora. Este mundo no es de Regina, ni por decorado ni por carácter.» Trabajó sobre una idea que se le acababa de ocurrir en el sueño. «Además, la foto del chico es vieja. No corresponde a la edad de mi prima.» La volteó ante sus ojos, palpándola con la yema de los dedos, buscándole indicios escondidos e incluso oliéndola, y le otorgó una razonable edad de cuarenta años. Entonces advirtió que le faltaba algo: ni en el anverso ni en el reverso se veía una dedicatoria, ni siquiera una simple firma. «Lo que fuera, sucedió precipitadamente. Es como si la tía le hubiera robado la foto en el último momento, después de darse el último beso y cuando a él le esperaba en la calle el camión militar con el motor en marcha o la formación de soldados ya en movimiento. Porque no se me aparta de la cabeza que en el fondo estuvo nuestra guerra.» Esta certidumbre metió la tristeza en su alma. «Siempre la guerra truncando todos los destinos.» Se sintió en el centro del miedo que le retuvo en Londres tantos años, y una gota helada le bajó por la espalda al comprobar la exactitud con que se cumplían sus alarmas. Se dirigió al balcón para abrir con los dedos un hueco en las cortinas. En la niebla de la mañana pudo ver, desde aquel piso segundo, un trozo mayor de excavadora. «A la tía la acosaban por todas partes. Las guerras nunca se acaban.» Se preguntó por qué volvía a meter la guerra en Mallatu, pero también quiso saber por qué los hechos se empeñaban en apoyarle. «Este santuario tan estridente ha de proceder de algo real. Aquí estuvo un hombre. Lo palpo en la atmósfera. La edad de la foto nos sitúa, casi con seguridad, en aquel tiempo desquiciado. Todo adquiere un sentido si esta alcoba fue el escenario, al menos, de una noche de amor.»

Urko se sobresaltó al oír la campanilla de la entrada. Depositó en un sillón las piezas del cuadro, reservándose la foto. Apagó la luz y cerró cuidadosamente la puerta de aquel panteón. Al llegar a la del piso recordó una de las frases asustadas de Regina. Torció y se dirigió al retrete. Era antiguo y pequeño, con inodoro de meseta de madera y una rinconera para trastos. El único indicio moderno era un rollo de papel higiénico en un soporte de nácar. Urko tocó el papel y se le desmigó entre los dedos. Luego tiró de la cadena y tropezó con el agarrotamiento del mecanismo. Probó hasta seis veces más, siempre con redoblado vigor, hasta que un estrépito profanó el silencio de la casa. Por la pendiente del inodoro se precipitó una cascada herrumbrosa que dejó un olor a agua estancada.

6
Reconstruyendo

Abría Urko la puerta cuando Alejandra lo abordó. Dijo «¿Qué hay?» y recorrió el pasillo a paso de carga, en busca de las herramientas de trabajo. Desde el otro extremo de la casa Urko la vio envolverse en una bata azul y enroscarse un pañuelo a la cabeza, y regresar armada de bayeta y escobón.

—¿Podría tomar un baño? —le preguntó con timidez.

Alejandra se detuvo en seco.

—¿Se le ha olvidado hablar? ¿Quién le ha dado un susto?

Se fijó en las ropas de Urko, arrugadas y completas, y regresó hasta su dormitorio.

—Ni ha tocado la cama —gruñó—. ¿Dónde ha dormido? ¿En una rama? —Levantó la mirada al techo—. No me diga que ha pasado la noche...

Se contemplaron en un largo silencio. El rostro de la mujer perdió su empuje. Habló consciente de la gravedad del asunto.

—No, no me diga lo que he visto. No vengo a las casas a fisgar.

Urko se acercó suavemente.

—¿Nunca sintió curiosidad por lo que mi tía guardaba ahí arriba?

—Se lo pregunté a ella misma.

Urko la creyó muy capaz de haberlo hecho.

—¿Y...?

«Nada», me contestó ella. De modo que dije: «Alejandra, nada». Y así he vivido nueve años.

Era una mujer elemental, de movimientos rectos. A medida que hablaba fue recuperando su vigor natural. Urko insistió.

—Pero no se dejaría engañar. Si mi tía cerraba ese piso y lo limpiaba ella misma...

—¿Cómo sabe que lo limpiaba? —Alejandra agitó la cabeza—. Claro, no podía ser de otro modo. Además, ha estado en él... Bueno, si ya lo ha visto, ¿a qué vienen sus preguntas? Sabe más que yo.

Urko tomó a la mujer del brazo y la condujo al comedor. Casi la tuvo que empujar para que se sentara en uno de los dos sillones. Lo ocupó como si quemara, sin soltar sus instrumentos. Él se enterró en el otro. No había sol, pero como no estaban cerradas las persianas del exterior ni había cortinas, el día entraba a chorros por los cristales del balcón. Urko sintió en sus huesos que era una luz triste de lunes.

—Escuche, Alejandra: estoy aquí porque mi tía me

llamó. Si hubiera llegado a tiempo de hablar con ella, me habría dicho para qué me necesitaba. Debo hacer algo importante, pero no sé qué. Y he de hacerlo antes de que derriben la casa.

Alejandra suspiró.

—Sufría mucho por Mallatu. La señorita lo llamó a usted para que hiciera el milagro de salvar el caserón. Sólo por eso.

A Urko le estorbó la indicación, porque era algo que ya había descartado. Sin embargo, hubo de considerar que Alejandra era una de las fuentes de información.

—Acudió a mí demasiado tarde. Creo que ya estaba resignada a perder Mallatu y que el problema era otro. Piense, Alejandra: a última hora todo se precipita; el Ayuntamiento envió el primer aviso de demolición hace dos años, pero es ahora cuando la tía me llama. Y, otra cosa, ¿qué le parece don Pedro, el cura?

—Buen *jibión* está hecho ese —dijo Alejandra.

La expresión expidió a Urko al Getxo popular de sus primeros años.

—Pues, bien: este hombre también espera al último momento; acaba de visitar al alcalde. ¡Después de dos años, cuando faltan cuatro días! ¿Lo ve? Otra precipitación de última hora. Parece como si al final, cuando todos habían aceptado la idea, hubiera surgido un elemento nuevo.

—Aquí todo es viejo —sentenció Alejandra.

Urko vio en la frase una resonancia de su propio pensamiento.

—¿Qué quiere decir?

—Que todo viene de muy atrás. Las cosas no deben durar tanto.

Urko la miró fijamente y acabó obligándola a llevarse un pañuelo a los ojos.

—Que Flora me perdone —murmuró la mujer—, pero las cosas viejas no son sanas. Y no sólo para quienes las deben limpiar. Sus dueños enferman.

—¿No me dijo usted que ella no padecía...?

—Enferma de manías. Como la difunta señorita. Cada Pínaga que vivió en esta casa metió sus trastos, y Flora, que tenía un corazón así de grande, se empeñó en querer a tanto recuerdo y acabó poniéndolos bajo llave para defenderlos del mundo. —Ahora devolvió a Urko una mirada agresiva—. Por lo demás, era perfecta.

Urko la despojó cuidadosamente de la escoba y los trapos, que dejó en el suelo.

—Usted empezó a trabajar en Mallatu en el 64...

—Sí, señor. El 2 de octubre.

Pareció que señalaba la fecha de un acontecimiento universal. Urko concentró en sus ojos todo su propósito.

—Escúcheme bien: necesito saber qué vio aquel día, cómo era entonces esta casa, qué palabras pronunció ella.

—Estaba sola —declaró Alejandra con crudeza—. Lloraba. Tenía ojeras de minero. La ropa le sobraba. No podía hablar. Todo me lo dijo por señas. La niña la había dejado así.

—Regina partió tres días antes, creo.

—Huyó. A poco la mata. A la mujer que la había criado como una madre... ¡Ay, Dios!

Urko volvió a creer en el mundo al observar aquella emoción primitiva. Alejandra hizo ademán de levantarse.

—Bueno, que hay mucho trabajo. Le contesto mientras trajino.

Urko extendió el brazo para inmovilizarla.

—Déjelo todo y recuerde aquel día. Cierre los ojos, si es preciso.

—No ocurrió nada. No sé por qué le interesa un día de hace nueve años en que no ocurrió nada.

Urko se estaba preguntando lo mismo. Pero la mujer podía trasladarle a aquel tiempo y él quería recrear el mundo de la tía Flora. Necesitaba cualquier información. En realidad, necesitaba conocer a su tía. Estaba resuelto a salvarla en su tumba del tormento que delató aquella carta.

—¿Llovía? —preguntó.

—¡Y cómo! Fue un mes de diluvio. El viento gallego metía el agua en las casas. Flora llevaba tres días buscando una interina y yo lo supe. Ella misma me abrió la puerta, pero hube de tirar varias veces de la campanilla, porque era algo sorda. Su aspecto hacía llorar. Arrastraba los pies. No me miró. No me dirigió la palabra; no podía hablar. Con un gesto me dijo que empezara por algún lado. Bueno, creo que no hay más.

—¿Fue ese día cuando supo usted de la puerta cerrada?

—Sí. Acabé con el piso de abajo y subí al otro. Estaba cerrado y bajé por la llave. La señorita estaba ante esa misma ventana, con los ojos fijos en el jardín barrido por la lluvia y el gallego. «Señorita, la llave», le dije señalando el techo. Me miró y me miró. Yo no sabía qué hacer; creí que se me había muerto de pie. Volví a pedirle la llave. Entonces movió la cabeza como un muñeco roto y a su cara le iba subiendo la rabia, y no tuvo que decirme nada de palabra, porque yo entendí muy bien lo que me estaba diciendo. ¡No he olvidado esa cara rabiosa llena de lágrimas!

—De modo que había algo más que dolor —habló Urko suavemente.

Alejandra no lo pensó.

—Cuando los hijos se desmandan a una le entra la corajina.

—Pero, entre mi tía y mi prima, ¿dónde encaja ese piso cerrado? Sólo cuando usted pidió la llave ella se puso así.

La mujer se encerró en un repaso de aquella escena. Al cabo, pronunció un «sí» con evidente disgusto. Por unos momentos Urko temió que le preguntase qué escondía el piso. Comprendió que Alejandra funcionaba por impulsos, que nunca hasta entonces había reflexionado sobre el incidente.

—Estuvo no menos de diez días sin dirigirme la palabra, sin dirigírsela a nadie, andando por la casa como un fantasma. Yo misma me fijé el sueldo y las horas de trabajo. Venía a las nueve y me iba a las once. Ya al segundo día descubrí que ella se encargaba del otro piso: la escoba, el escobón y las bayetas no estaban como yo las dejaba.

—¿Siempre fueron dos horas por día? ¿Nunca se quedó más, por enfermedad o por más trabajo?

—Para la señorita todos los días eran iguales. Se movía por los mismos sitios a las mismas horas. Apenas se notaba que vivía en la casa. Yo me encontraba con el mismo trabajo cada mañana. Siempre bastaban dos horas.

—¿Nunca estuvo enferma?

—Claro, como todo el mundo. Pero sólo en tres ocasiones me pidió que me quedara con ella por la noche.

Urko esperó y Alejandra fue consciente de esa espera.

—No ocurrió nada... ¿qué iba a ocurrir?

—¿Estuvo mi tía tan grave como para no poder abandonar la cama?

—¡Quia! Se levantó tres o cuatro veces durante el día, y sin mi ayuda.

—¿Y por la noche?

Urko sintió que la mujer le analizaba.

—Oiga, usted me hace preguntas muy raras.

Urko persistió en el silencio.

—No se movió de la cama —dijo ella.

—¿En ninguna de las tres ocasiones?

—En ninguna.

—¿Lo sabe con certeza?

—Sí.

—Lo natural es que usted se durmiera. Y estando en otra habitación...

La mujer aflojó los músculos de todo su cuerpo.

—Pasé las noches en su cuarto, en un sillón. Ella lo quiso así. A veces, parecía una niña asustada. —Sacó un pañuelo para sus ojos—. No se merecía vivir sola, teniendo una hija en el mundo. Cuando la fiebre la debilitaba, se portaba como una cría y yo me sentía su madre.

Urko se conmovió.

—Gracias —dijo.

Permitió que la mujer se recobrara.

—¿Qué más? —preguntó Alejandra.

Urko le concedió todavía el tiempo que tardó en cargar su pipa. Dilató la operación para que ella recuperara el hilo por sí sola. La vio pensar. Supo que en sus rígidas convicciones la duda había abierto un resquicio.

—La verdad es que durante esos primeros días en que no habló vivió pendiente del piso alto.

—¿Qué hizo?

—Andaba arriba y abajo por esa escalera. Yo oía la cerradura, ¡crac!, y enseguida otra vez, ¡crac!, porque se encerraba.

—¿Y a usted no le extrañaba eso?

—No era asunto mío.

Urko insistió con la mirada.

—Bueno, un poco —admitió Alejandra—. Pero, mire: pienso que a todos nos gusta esconder algo. Yo tengo bajo la cama una cajita con recuerdos... y con su candado. Luego, todo cambió en Mallatu. Jamás la volví a ver en esas escaleras ni oí la cerradura.

—Sin embargo, usted sabía que cuidaba diariamente del piso.

—Los trastos de la limpieza no mienten.

—¿Nunca lo mencionó? En algún momento de confidencias, en alguna conversación... Una palabra, por descuido. Un gesto. Una mirada...

—Nunca nada.

—¿Salía de casa?

—A misa. Ni paseos ni amigas ni películas.

—¿Y radio? No he visto ninguna en la casa. Quizá se la llevaron con los muebles.

—Tampoco radio ni televisión. En Mallatu había silencio a todas horas.

«De modo que las tardes las dedicaba al piso», pensó Urko. «Y no sólo a limpiarlo, a limpiar esa alcoba-santuario: a estar, simplemente a estar, sumergida en la atmósfera que lo arropó a "él".» Al cambiar de postura bajo la opresión de aquel mundo acabado advirtió la dureza de la ropa que no se había quitado en veinticuatro horas. Realizó un inútil esfuerzo por no mezclar el espectro de la política.

—¿Le habló alguna vez de la guerra?

—Pues... creo que no.

—¿Y de los años anteriores a la guerra?

—Un día, hablando de las faldas de ese tiempo, le dije que se acortara un poco la que llevaba. Estuvo casi una semana sin dirigirme la palabra. Era muy suya.

Urko recordó una frase que leía con frecuencia en las cartas de su tía: «Debemos conservarnos fieles a nosotros mismos», o algo semejante. La adivinó con una firmeza capaz de ir a contracorriente a lo largo de años y años. «De estas personas se puede esperar lo más débil y lo más fuerte.» Miró a la interina, que aguardaba con resignación el siguiente rumbo del interrogatorio. «Nadie habla de la guerra. Está olvidada. Sin embargo, esta mujer la vivió, la sufrió y la perdió. ¿Será verdad que han bastado treinta y seis años para enterrarla?» Se enderezó dentro de las ropas acartonadas.

—¿Cómo era? ¿Triste, alegre?

Alejandra lo pensó unos instantes.

—Era rancia.

—¿De qué le gustaba hablar?

—Bueno, hablaba poco. Yo empezaba todas las charlas. Ella escuchaba, decía «vaya», «siempre igual», «hay que ver», «que Dios la tenga en la Gloria», pero si al día siguiente le hablaba de lo mismo, tenía que empezar desde el principio, porque no se había enterado de nada. Cuando dijeron los papeles que había que ir a votar al Ayuntamiento no sé qué, le dije: «He venido tarde porque quería ver una votación». Me miró con cara de tonta. «Hoy teníamos votación en el pueblo», le dije. Ni por esas. Vivía en las quimbambas.

—Todo ello hace pensar en cierta anormalidad —apuntó Urko.

—¿Quién se libra de tener una rareza, o dos, o tres? De ahí, a robar servilletas, libros, cubiertos y más cosas, según Regina...

—También solía dormir en el otro piso.

—Bueno, eso también lo dice la niña.

—¿Cree que miente?

—Yo sólo sé que en estos nueve años ha dormido en su camita de abajo.

—Pudo engañarla revolviendo las mantas.

—Alejandra no entiende de números, pero sí de camas. Se necesita una noche entera para que las sábanas cojan el olor a cuerpo.

Urko fumó en silencio.

—No le gusta Regina —señaló.

—Es una chica de las de ahora. Hizo sufrir mucho a su madre.

—Ella tiene sus razones para hacer lo que hizo. Usted conoció a mi tía en su mejor época. —En la mente de Urko se organizó una idea—. Volvamos a su primer día en Mallatu. Usted encontró a mi tía abrumada por algo que acababa de sucederle. Pero allí había más cosas; le rodeaba un escenario, unas habitaciones, un interior que usted nunca había pisado hasta entonces... ¿Recuerda su primera impresión, ese golpe de vista más valioso que las observaciones largas?

La meticulosidad con que Urko había hablado despertó el recelo de la mujer. Respondió midiendo las palabras.

—Lo primero que hice fue tomar a ojo las medidas de la casa. Luego, mirar la cara de la dueña.

—¿Qué hora era?

—Las nueve.

—Pero como el día estaba cerrado de lluvia, habría poca luz en el pasillo. —Con una armonía increíble Urko puso en pie su gran humanidad—. ¿Quiere acompañarme?

La invitó con un gesto de la mano. Alejandra se levantó sin comprender, pero se dejó llevar hasta la puerta de la calle. Urko la hizo girar y la encaró con el panorama del pasillo.

—Recuerde.

La mujer se mordió los labios.

—Falta casi todo —protestó.

Urko entendió la dificultad ante aquel escenario desierto, mas no hizo un solo comentario y silenció la respiración. Dejó que la mujer se incorporara al juego por sí misma.

—Había mucho orden —habló de pronto Alejandra.

—¿Por qué no? —silbó Urko.

—Quiero decir que había demasiado orden. No era normal en una casa que llevaba tres días buscando interina.

Urko siguió absteniéndose.

—Y luego, aquellas fregotadas que vi por todas partes. Alguien se había tomado un trabajo de burros. «¿En qué quedamos», pensé, «hace falta interina o no hace falta?» Porque el suelo estaba aún húmedo. ¡Y cómo lo habían frotado!

—Mi tía era muy puntillosa.

Alejandra se encendió.

—En aquel momento ella no estaba para trotes. ¡Si usted la hubiera visto! ¡Parecía una difunta! Ni ganas ni fuerzas podía tener para fregar así.

Urko fue a hablar para pasar a otra cosa, pero ella lo volvió a desbordar.

—En la escalera también se había hecho una limpieza a fondo.

Urko sintió un calambre en la espalda. Recorrió el

pasillo y no se detuvo ante el primer escalón. Su mirada ascendió, uno a uno, hasta el último, y se estrelló contra la puerta. «He estado ahí dentro y he visto lo que había que ver, pero aún no sé nada», pensó. En el silencio de la casa la voz de Alejandra sonó como un chirrido, justo cuando Urko se preguntaba por qué la noticia del fregado le había devuelto al enigma del piso.

—¿Qué decía usted? —preguntó.

—El cristal. Ese de ahí. Estaba roto.

Urko siguió la línea que marcaba su brazo y tuvo que girar para enfrentarse a una ventana a su espalda. Era de guillotina, con ocho cristales esmerilados, y formaba un cuadrado de un metro.

—¿Cuál de ellos?

—De los cuatro de abajo, el de la derecha, arriba.

—¿Cómo recuerda un detalle tan menudo?

—Desde aquí, era lo único que vi desarreglado.

Urko rogó a la mujer que se acercara y ella abandonó su puesto. Habló en su viaje por el pasillo.

—Yo misma tomé las medidas y al día siguiente traje uno nuevo y lo puse.

Urko no sabía dónde situar tanto detalle. En realidad, le daba miedo ponerse a lucubrar sobre ellos, por no volver a caer en una elaboración de novela policiaca. Alejandra le había tomado gusto a su tarea de recordar. Se acercó a la puerta del jardín y husmeó por los alrededores.

—También había barro —dijo—. Limpiaron el del suelo, pero se dejaron alguna salpicadura aquí y allá. Aquel mismo día yo lo dejé todo como la patena.

—¿Por qué dice «limpiaron» si en la casa sólo estaba mi tía?

—No sé... Oiga, usted es muy chinche.

Urko sintió como nunca la necesidad del baño.

7
Ars dramatica?

A las doce de la mañana el motor del Simca de Regina obligó a suspender su reposo. Después del baño disfrutó de unos instantes de ingravidez, pero enseguida volvió a sus huesos el lastre de la vida. Se tomó el vaso de leche de la cocina y estuvo tendido sobre la cama, tratando de no pensar, mientras Alejandra combatía con la casa. Salió de la habitación cuando su prima entraba en el pasillo. Traía un aire juvenil, que no parecía de lunes, y de su brazo colgaba una bolsa de alimentos.

—Hola, Urko.

Él respondió a su sonrisa pronunciando su nombre. La vio distribuir por la cocina todos los artículos y luego ponerse a encender el fuego. Desde el umbral emitió su respuesta a varias preguntas convencionales. La estuvo analizando tan fijamente que al fin ella suspendió su trajín.

—¿Qué miras?

—Nada —mintió Urko.

Pasó al interior, ocupó su banqueta y apoyó la espalda en la pared.

—No te lo pregunto como un Pínaga... ¿Por qué no has querido casarte?

Ella percibió la gentileza que encerraba la pregunta. Se transformó con una profunda mirada de agradecimiento y reanudó su tarea tocando con un cuidado especial los objetos. Urko esperó un tiempo excesivo, pero no se impacientó, pues el silencio de Regina encerraba una promesa. No habló hasta que no tuvo prendido el carbón.

—Creo que soy una mujer muy rara.

—Todos somos raros —dijo Urko—. Pero la gente se casa.

Tropezó con la expresión burlona de su prima.

—Estamos hablando de ti —añadió.

Regina le pidió perdón con un gesto. Urko volvió a reparar en su gracioso encanto natural.

—Estoy seguro del acoso que siempre has sufrido de los hombres. ¿Qué haces con ellos?

—Colecciono sus fotos como trofeos.

Llevó al fregadero un besugo cobrizo y comenzó a limpiarlo. Con un movimiento reflejo, Urko apoyó la mano en el bolsillo donde guardaba la fotografía.

—¿Has estado enamorada alguna vez?

—Todas las chicas pasamos por eso. Durante un año estuve loca por Anthony Perkins.

Urko lo conocía. Comparó mentalmente el rostro de la fotografía con la imagen que tenía del actor y se sintió ridículo. Presintió que bajo la aparente jovialidad de Regina se ocultaba una firme resistencia.

—¿Te molesta mi curiosidad?

—No. Sólo me asombra un poco. Un hombre de tu edad, un «pariente mayor», se interesaría por mi vida independiente en Madrid, mi trabajo, mis honorarios, incluso por mi Seguridad Social.

—Enamorarse y casarse también es una forma de Seguridad Social.

—Hoy, los jóvenes sólo hablan de amor cuando lo sienten. Ha dejado de ser un tema vital, hasta para las mujeres. El mismo asombro sentiría si quisieras saber la marca de mis medias. ¿Qué pensarías si me interesase por tus amores en Inglaterra, cuando hace apenas cuarenta y ocho horas que nos conocemos?

Regina preguntaba y contestaba sin levantar los ojos del pescado. Urko observó que sobre el mango del cuchillo presionaba una mano increíblemente poderosa. Prolongó su asombro unos segundos ante la hoja reluciente abriendo las entrañas con una destreza de profesional.

—Mi historia amorosa es simple —dijo—. No podía soportar que las mujeres inglesas me miraran como a un fauno meridional. Quizá sea esta la razón de no haberme casado.

—No puedo creer que desconozcas la verdadera razón —dijo Regina clavándole los ojos un instante.

—¿No?

—Eres una mente pensante, un investigador nato. Desde que has llegado no haces más que husmear como un sabueso. Tú no desconoces nada tuyo. Otra cosa es que no me lo quieras decir.

Urko se despreció por prestarse a unas confidencias que esperaba utilizar como gancho.

—Te lo diré: siempre me sentí extranjero.

—Sin embargo, llegaste allí con nueve años.

—Sí, me trasplantaron con nueve años. —Urko lanzó la mirada a su alrededor—. Pero jamás olvidé los nueve años vividos en esta cocina. Mira: son las mismas banquetas de entonces. Sólo están pintadas varias veces, una capa encima de la otra. Papá se sentaba en esta; mamá, en la que tiene esa muesca; y la tía Flora en esa más pequeña. Y, ahora, tú preparando comida en el mismo fregadero. Es como volver al pasado.

—Pero yo no soy ellas —dijo Regina con voz tenue—. Ni siquiera llevo sangre de la familia.

A Urko se le quebró el ritmo de la escena. Fue consciente de que acababa de perder un entrañable instante familiar, al que llegó sin advertirlo. «Ha sido esta muchacha. Pero si no es una Pínaga sólo se trató de un espejismo.» Urko siempre había creído en la fuerza de la sangre. La desilusión puso un relieve duro sobre sus ojos.

—¿Qué te pasa?

Sintió la recta mirada de Regina descifrándole la expresión. La vio sosteniendo el besugo en el aire y en la otra mano el cuchillo sangrante. «Mamá o la tía Flora componían con frecuencia este cuadro.» No intentó luchar contra la nostalgia.

Mientras aderezaba el cadáver y lo metía en el horno, Regina no volvió una sola vez la cabeza. Cuando lo hizo, después de un penoso silencio, Urko le volvió a sorprender los rasgos de niña asustada.

—¿Qué tiene esta casa? —oyó preguntar sordamente a su prima.

Asistió al principio de un derrumbamiento.

—A ti también te ha marcado —prosiguió ella—. Llevas en Londres un montón de años sin poder dejar de pensar en esta cocina. No has sido un extranjero, sino un expósito.

Urko se puso en pie al observar la pasión de sus ojos. El movimiento agravó a Regina.

—Mallatu te ha impedido vivir. Hay algo en esta casa que destruye a sus moradores.

Urko cruzó la cocina y la tomó de los hombros para sofocar su temblor. A dos palmos, aquella boca comenzó a gritar abiertamente.

—¡Admite la realidad, ahora que has vuelto a ella! ¡Has permanecido soltero porque esta cocina te lo ordenó así! ¡No has podido encontrar en parte alguna a las mujeres de tu niñez, porque son irrepetibles! ¡Aquí siempre han vivido locos!

—Ea, ea, muchacha...

Urko comprendió que la escena se le había ido de las manos.

—¡Esta casa no se merece más respetos!

—No hables así de Mallatu.

—¡La odio!

Los dedos de Urko se crisparon sobre la carne de los hombros. Aquel extremismo le parecía irreal.

—¿Qué te ha hecho?

—¡Déjame!

Por unos momentos Urko se sintió a merced de los gritos. Se abandonó sin reservas al clima de locura y se encontró él mismo gritando.

—¡Habla! ¡Quiero saber de ti, aunque sea de este modo!

Pero fue lo bastante lúcido para avergonzarse aún más con el procedimiento. El grito de Regina sonó tan desgarrador que no pudo vincularlo ni siquiera a aquella escena.

—¡Estoy muerta! ¡Esta maldita casa me ha convertido en un cadáver! ¡Como mujer, estoy muerta! ¡Ahora ya lo sabes!

Quedó una calma vibrante. Ensordecido por el silencio, Urko tuvo la impresión de que un viento se había llevado el aire. Algo le dijo que debía apartar las manos de la carne de su prima. Se encontró perdido en una confusión sin orillas.

Regina comenzó a medir a pasos tensos las baldosas del suelo, estrujando entre sus dedos el trapo de la cocina. Había compuesto con la cara un dolor muy viejo y Urko volvió a percibir que aquel cuerpo lo estaba rechazando. Dejó que la escena tomara su propio rumbo.

Durante varios minutos Regina deambuló como una fiera enjaulada, ahogándose en una respiración penosa, mordiéndose los labios, oprimiéndose las sienes, emitiendo suspiros en los que se le iba el alma. A Urko le costaba creer que estuviera contemplando un episodio real, pues tenía la perfección de las pesadillas. Hubiera querido intervenir, pero en ningún momento dejó de notar la repulsa. En cierto modo, la voz de la muchacha vino a aliviar la tensión.

—Por suerte, en tres días habrá acabado todo... ¿Estás ahí?

Urko fue a contestar simplemente con la cabeza, pero entendió que su prima necesitaba más.

—Sí —pronunció.

Ella giró bruscamente la cabeza, como sorprendida de tenerle a su lado. Durante un rato, Urko la vio organizarse interiormente y después salir de la crisis con un sosiego pedregoso.

—Siéntate —le invitó.

Al acercarle una banqueta, ella se desplazó a ocupar otra. La vio sentarse con los músculos vivos.

—¿Estás bien? —le preguntó.

—¿Estás bien tú? —exclamó ella, estudiándolo desde el otro extremo de la cocina—. Lo sospeché durante años y ahora sé que ambos sufrimos de la misma maldición. La tragedia de tu soledad es frecuente en el mundo; lo que la ha emponzoñado es Mallatu. Ignoro cómo, de qué abismo íntimo arrancó la destrucción, pero hoy eres un hombre acabado. En cuanto a mí... todavía sigo palpando la Presencia.

A Urko le bajó una ráfaga de frío por la espalda.

—¿La presencia?

—En mis primeros recuerdos de este mundo aparece mamá deslizándose de noche por esta casa, subiendo al otro piso, pasando en él horas y horas. Cuando descubrí el sexo, me inventé un varón viviendo allá arriba. ¿Comprendes la angustia de aquella adolescente convencida de la presencia continua de un hombre en la casa? No se atrevía a poner el tema en palabras por no sacar a la Presencia de las sombras. Te pido, Urko, que pienses en la Presencia con mayúscula, como yo lo he hecho siempre. Veinte años de mi vida estuvieron marcados por ella. La sentía en todas partes. Por las noches despertaba forcejeando con un enemigo bajo las sábanas. Mamá y yo nos desenvolvíamos de un modo artificial. Ambas nos sometíamos a las reglas de un juego insoportable. Sin duda, mamá se creía muy hábil guardando su secreto, pero es que no advertía el terror que ponía en juego.

A Urko le alarmó más la quietud de ahora que la estridencia de antes. Presintiendo la hondura del problema se arriesgó a meter la compasión en el chorro de confesiones.

—Eso ya pasó. Olvídalo para siempre. Abandonaste Mallatu el año 64 para ser una mujer nueva y lo has conseguido.

—A mí también me gustó engañarme. No olvides que te dije que sigo siendo la misma niña asustada de siempre.

—La noche, con su pesadilla, quedó atrás. Tus ojos ya están abiertos a la luz, a la realidad.

—Aquello no fue una pesadilla.

Urko cambió de tono. Su afirmación pareció metálica.

—Sí, lo fue.

—Tus ojos me están diciendo otra cosa.

—No puedes saber lo que dicen mis ojos porque ni siquiera me estás mirando.

—No hace falta. Leí lo suficiente en ellos cuando entré esta mañana.

Urko se concentró para decir la siguiente frase.

—Te revelaré lo que encontré en el piso.

—¡No!

Regina se puso en pie con la expresión agrietada y Urko sintió en sus ojos el golpe de una mirada moribunda. Cruzó la cocina asaetado por la compasión, buscando con sus dedos en el bolsillo. Se detuvo a un metro de una mujer empequeñecida.

—No, Urko —le oyó decir—. Ya es tarde.

Lanzó un grito cuando tuvo la foto delante. A Urko volvió a embargarle la impresión de que la tragedia se manifestaba con excesiva pulcritud. Tuvo el tiempo justo de extender los brazos para recoger el cuerpo desmayado de su prima. La alzó como a una muñeca descompuesta y al volverse descubrió a Alejandra en el umbral.

—Oí gritos —se excusó.

—La cama —dijo Urko.

La interina había ahogado un gemido al ver el cuadro, pero partió al punto a su deber. Al llegar a la habitación Urko encontró la cama abierta. Depositó a Regina y la cubrió con ayuda de la mujer. Luego le rogó que saliera, principalmente por ahorrarse una explicación.

La muchacha abrió los ojos diez minutos después y miró con una lucidez impropia de los que vuelven de un sueño.

—Perdóname —murmuró—. Creo que he ido demasiado lejos.

—Qué tontería. Las circunstancias mandan.

—Quién sabe. ¿Te importa coger mi carpeta? Está dentro del armario.

Urko la obedeció. En el fondo sus dedos rozaron

una placa de cuero y sacaron a la luz una mezcla de portafolios y bolso de mujer, un extraño producto de la emancipación femenina.

—Ábrela.

Urko suspendió su movimiento de entregársela y deslizó la cremallera. Surgió del interior una fragancia de papel prendida a otra de colonia.

—Busca.

Urko miró largamente a su prima. Luego empezó a examinar documentos, pensando: «Cuando llegue al debido lo sabré». Alternando con escritos de filosofía, pésimamente mecanografiados, se encontró con el *Pedro Páramo* y el *Volverás a Región*. En el último tercio del bloque encontró algo que le pareció un título de carrera. Por pura intuición, tiró de él hacia arriba. Lo leyó con asombro creciente. En efecto, era un título expedido a nombre de su prima y acreditativo de que había cursado todos los estudios en la Escuela de Arte Dramático, de Madrid, con la nota de sobresaliente.

Urko levantó la cabeza y sorprendió en Regina la sonrisa burlona de sus mejores momentos.

8
Regina pide la foto

Regresó a la cocina sin atreverse a formular un veredicto. Alejandra estaba ultimando la comida, repartiendo trocitos de tomate sobre el manto de lechuga de una fuente. Ejecutaba sus movimientos con una calma artificial, a un ritmo que no iba con su genio.

—¿La ha visto? —sonrió con suficiencia—. Es una comedianta.

Fue en ese momento cuando Urko comenzó a tomar partido. «Lo ha hecho para quitar el mal sabor de boca de sus confidencias.» Ocupó una banqueta aplastado por las evocaciones que le inspiraba la cocina. Pasó sus dedos por las refregadas tablas de la mesa, apoyó su mirada en los rincones que no había dejado de ver en treinta y seis años, y al frotar con sus suelas el suelo de baldosas sintió el viejo escozor en sus rodillas de niño. «Acertó en cuanto dijo sobre mí. No he tenido una vida independiente, porque nunca me he desprendido del todo de Mallatu.» Cerró los ojos, y los ruidos que producía Alejandra con el cuchillo y con el roce de sus ropas le trajeron la imagen de su madre trabajando en ese mismo sitio. Paralizó su organismo a fin de alargar el recuerdo, pero la voz de la interina hizo saltar el encanto.

—No le haga caso. Está revuelta porque su conciencia no la deja en paz.

Urko la miró con acritud, pensando: «Ella no ha mentido. Todas sus palabras encajan con lo que yo he visto en la casa. Se diría que Mallatu se nos ha metido a los dos en el alma. Lo mismo me sucede con la política: me he estancado en el pasado. Tanto Regina como yo nos hemos de poner al día». Salió de sus meditaciones con un propósito juvenil de renovación. Se sintió muy próximo a su prima al considerar la conveniencia del derribo de Mallatu.

—Ya es tarde para usted —dijo a Alejandra—. Vuelva a su casa.

—En cuanto les prepare la comida.

—Yo lo haré.

—¿Usted?

Urko se levantó al primer intento.

—Sé de cocina. Soy un hombre moderno.

La mujer secó el cuchillo con el trapo y lo dejó sobre la mesa, pero se quedó a ver con recelo cómo Urko lo recogía y cómo iniciaba la picadura del penúltimo tomate.

—A Flora no le habría gustado.

Urko endureció su interior.

—Vivimos otros tiempos —dijo.

—Los muertos nunca cambian —dijo Alejandra—. Sólo cambian los vivos.

Se alejó con una firme censura en su espalda. La pregunta de Urko la detuvo en el umbral.

—¿Cuánto tiempo lleva en casa este cuchillo?

—¿El cuchillo? Ya estaba a mi llegada, hace nueve años.

Urko lo repasó entre los dedos. Era una pieza monumental, casi un arma de combate. Su mango, de madera, aparecía gastado por el uso y los lavados. La hoja, de unos treinta centímetros y rematada en punta, mostraba un debilitamiento por las muchas afiladuras. Urko no se atrevió a asegurar si era el mismo con que su madre destripaba los gallos. De pronto recordó que en su niñez la familia mataba por San Martín un cerdo criado en casa con panes y remolachas. Le estremeció la idea del acero teñido de sangre caliente.

Sacaba del horno el besugo en el momento en que Alejandra, ya de calle, le decía adiós desde el pasillo. Estuvo tentado de mostrarle la foto, pero comprendió que esta pertenecía a una turbulenta época anterior. No oyó cerrar la puerta porque acababa de tener una inspiración... «¡Claro, Basilia!», pensó con los sentidos suspensos. «La buena de Basilia. Ella me contará cosas de entonces.» Basilia era la interina que él conociera de niño en Mallatu. La recordaba grande y eficaz, dominando todas las materias, incluso la de partera, como pudo probar en su nacimiento, por un retraso del médico. Se preguntó si aún viviría.

Ante la mesa dispuesta aguardó pacientemente la aparición de Regina, en medio de un silencio total y haciendo cábalas sobre la moralidad de proseguir investigando en el pasado de su tía. Los pasos de la muchacha le rescataron del compromiso. Venía tan pálida que toda su escuela dramática no lograba ocultar su aire de naufragio.

—Vaya, Urko, eres un hombrecito de tu casa —exclamó con una sonrisa que daba pena.

Se había cambiado de traje, sólo para ponerse otro del mismo estilo sastre. Urko pensó que aquello podía encajar en el complejo que arrastraba.

—He nacido para el arte —dijo.

Regina se sentó despreocupada de sus pliegues.

—Me he comportado como una tonta. Peor: me he burlado de ti. Perdóname.

—No hay nada que perdonar. Nadie es culpable de lo que siente.

La firmeza de Urko impidió que Regina replicara.

—Por el contrario —añadió él—, debo agradecer tu intención de ofrecerme como broma un drama muy personal.

—Poseo título oficial de mentirosa. Nunca sabrás mi verdad. Siempre te confundiré, aunque yo no quiera.

Urko levantó la cabeza de la sopa y volvió a sorprender la sonrisa burlona de su prima.

—Si es que eso te divierte... —gruñó—. Sin embargo, cuando te confesaste a mí, no actuabas. Ahora sé lo que te ha quedado de aquel tiempo. Ya comprenderás que sólo deseo ayudarte.

Regina habló y Urko tardó varios segundos en admitir su frase de tres palabras:

—Muéstrame la foto.

Descubrió un brillo desafiante en su mirada. Sin pensarlo una sola vez, aceptando el reto por puro instinto, sacó la cartulina del bolsillo y la situó ante los ojos de su prima. Mientras observaba su expresión se arrepintió de su impulso. Pero Regina soportó la imagen con impavidez.

—No estaba mal el chico, para aquellos tiempos —comentó con naturalidad.

—¿Qué tiempos?

—Los de mamá, supongo.

—¿Qué sabes de esta fotografía?

—Sólo que la encontraste anoche en el piso alto.

—Yo nada te había dicho y sin embargo pareces muy segura.

—Niégalo.

—¿Reconoces esta cara?

—No la he visto en mi vida.

Urko advirtió que la sonrisa de la muchacha comenzaba a hacer agua por las comisuras. Concentró su voluntad para mostrarse implacable.

—Es el hombre que no te dejaba dormir por las noches.

—Era ella la que me mantenía despierta.

—¡Buscándole a él!

Desconcertado, Urko la vio recomponerse de entre sus propias cenizas.

—Qué tontería —suspiró la muchacha—. Este hombre nunca existió.

En medio de su asombro Urko encontró un hilo de lucidez. Le cogió la mano; estaba helada.

—¡Claro que nunca existió! Fue un invento de tu madre. Creó un mundo de ilusión en el piso cerrado, presidido por esta foto. Hay una alcoba emperifollada, un lecho intocado de amor... Te lo describo porque sé que nunca lo has pisado. Estoy seguro. Tu personalidad ya no tiene secretos para mí, por encima de ese título del disimulo. Luego subimos los dos, ¿de acuerdo? Así, acabará todo. Para dejar de creer en una cosa lo mejor es verla. —Ahora le puso la mano entre las dos suyas—. Y bien, ¿será el fin de tus obsesiones?

Urko no quiso romper el silencio que se instaló en la cocina. Comieron largo rato sin mirarse siquiera, ni tampoco la foto que había quedado sobre el mantel a cuadritos. Después de la sopa y el puré de patatas, Regina se levantó para servir el besugo. Despreciando el cuchillo de mesa, hizo un segundo viaje para coger el de cocina. Partió el pescado con precisión exquisita y puso en los platos las raciones.

—Debiste estudiar para cirujano —señaló Urko.

Regina rompió el hielo de su cara.

—En cierta época también creí que era mi vocación. Incluso comencé Medicina. Pero al enfrentarme a las disecciones humanas lo dejé.

—Si hubiera cirujanos de besugos...

—No era cuestión de resistir la prueba, sino de odiar. No me habían enseñado a odiar a los hombres.

Urko se arriesgó a rematar la idea.

—Sólo los temes. —Ante la mirada densa de Regina, hizo un chiste—. De modo que odias a los besugos.

—Creo que mi engaño provino de mi costumbre de dormir abrazada a un cuchillo, y de pensar, durante mis terrores, en la manera de usarlo.

Urko dejó de manipular con sus cubiertos.

—¿Dices que...?

—Me lo llevaba a la cama. Sólo sintiéndolo contra mi pecho podía dormir. Así me defendía de la Presencia.

Dirigió a su primo una mirada apacible.

—Se convirtió en mi báculo. Soñaba que se movía por su cuenta y me defendía. Despierta, me adiestraba en su uso, pinchando el aire. Era como otro miembro mío. Estaba resuelta a desgarrar con él cualquier cuerpo que entrara en la habitación... Fue un tiempo terrible y, en cierto modo, sublime. Por eso resulta decepcionante que la Presencia se haya reducido a esta tonta fotografía de un hombre inexistente.

Urko no pudo impedir que la muchacha, con un movimiento fulminante, se apoderara del cuchillo. Con suma destreza e insólito vigor, lo clavó en el centro de la foto, cosiendo esta a la mesa.

—Supongo que era una deuda —le oyó murmurar.

—¿Se trataba de este mismo cuchillo?

—Sí.

No pudo ingerir un solo bocado más. En cambio, ella se aplicó con gran naturalidad a su ración. Para Urko, la casa se acababa de llenar de fuerzas redivivas. Sufrió unos instantes de desolación, perdido el equilibrio de las últimas horas. La realidad de aquel instante de Regina la comparó con la del descubrimiento de la alcoba secreta.

Con dedos titubeantes se dispuso a rescatar la fotografía. Tuvo que dar un fuerte tirón para desprender el cuchillo, bajo el impasible concierto de los cubiertos de la muchacha, y enseguida oyó su pregunta.

—¿Qué haces esta tarde?

Urko se refugió en sus propias palabras.

—Visitaré a Basilia. ¿Sabes quién es? La vieja interina de los Pínaga, la partera que me trajo al mundo. Basilia es muchas cosas. Tendrá... ¡no sé!, más de noventa años. Basilia. Es uno de los grandes nombres de mi vida.

Se avergonzó de expresarse con una falsa jovialidad para distraer la recuperación de la foto. La nueva pregunta de la prima le sorprendió con ella en el aire.

—Se la llevas a que lo reconozca.

—¿Eh?

—El chico. La foto.

Los ojos de Regina se levantaron un instante del plato para lanzar una ráfaga inquisitorial. Urko se sintió como un niño cogido en falta.

—Y tú eres el que no crees en la Presencia —dijo la muchacha sin dejar de comer.

—Visito a Basilia sólo en nombre de otros tiempos —gruñó Urko brumosamente, con las orejas encendidas—. Se lo debo. Regreso a Londres en breve y no puedo marcharme...

—No te violentes, por favor. Agradezco tu buena intención, pero no lograrás cambiar la realidad. Nadie escapa a la Presencia. Como ves, tenía yo razón para volverme loca. —Se tocó los labios con la servilleta y sostuvo la otra mirada—. ¿Crees que estoy loca?

Él negó lentamente con la cabeza.

—Tomaré billete para el Talgo de mañana —exclamó ella con un suspiro.

—¿Sin ver el piso?

—Sin ver el piso. No soy morbosa.

—¿Sin conocer toda la verdad? En este momento

sólo sabemos lo que ocurría en la mente de tu madre, que puede coincidir o no con la verdad.

—Nada cambiaría para mí. Ya no importa si el signo que creó la Presencia era falso o real.

—¿Y no te importa ella? ¿No sientes curiosidad por lo que representó este hombre en su vida? ¿Si fue el amor de un solo encuentro o de una década? ¿Si llegó a pisar Mallatu? ¿O si ni siquiera existió?

—No me atraen los folletines.

Urko se escandalizó con la dureza de la frase y cedió al impulso de cerrar la conversación. Extrajo la pipa y el tabaco de sus bolsillos metido en una actitud hermética. A los dos minutos de silencio descubrió que su posición era falsa. Y un instante después llegaba la risa contenida de la muchacha. Su resolución rodó por el suelo.

—Eres un niño —dijo ella con acento de sabiduría, levantándose.

Urko sintió que definitivamente había perdido el control de la escena, e incluso que desde su llegada había estado a merced de su prima. La vio ponerse un delantal, retirar la vajilla de la mesa y fregarla, con una hábil economía de movimientos, y no pudo evitar que sus evoluciones lo lanzaran de nuevo a sus nostalgias de la cocina. Aguardó con interés la limpieza del cuchillo, pero Regina lo trató como una pieza más.

Permaneció fumando en la banqueta mientras ella se preparaba en su cuarto, y en un tiempo increíble se le recortó en el umbral. Llevaba un abrigo al brazo y una maleta. Urko le leyó en la expresión que se iba para siempre.

Salieron en silencio y ella le entregó la llave para que cerrara. Urko ni siquiera intentó devolvérsela. Se despidieron a un metro del Simca.

—Adiós, Urko. Supongo que ahora nos escribiremos y así sabremos algo más el uno del otro. Esta es mi dirección en Madrid.

De una pequeña cartera de hombre ella sacó una tarjeta, que puso en la mano de su primo. Urko no podía creer que la estuviera perdiendo tan sencillamente.

—Dormiré esta noche en casa de Alejandra. Allí tengo el resto de mis cosas. Ya me escribirás de la expropiación y del testamento.

Se alzó sobre las puntas de los pies para darle un beso en la mejilla, tan tenue que él apenas lo sintió. Urko se dio cuenta de que entraba en el coche sin poner una sola mirada en Mallatu. Vio un momento sus manos juveniles sobre el volante y luego la ventanilla en movimiento llevándose sus cabellos rojizos, mientras trataba de imponerse al estupor de una nueva palabra: *testamento*.

9
El hombre de la guerra

Después de cruzar la carretera general y el ferrocarril en dirección sureste, y después de alcanzar por puro instinto el lugar donde en otro tiempo se alzaba Zaldubiena, Urko se encontró perdido en una región desconocida. Dirigió una mirada a los montes para confirmar su situación, y luego contempló las casas de cemento que habían sustituido a las huertas. Buscó sin ilusión en los espacios entre edificios, pero no localizó la vivienda. Un viejo al sol le informó dónde esperaba la muerte Basilia Zaldubi.

Vivía en el segundo piso de una casa de seis, construida sobre los mismos cimientos del caserío. Le abrió la puerta una anciana de setenta años, a la que se sumó otra idéntica, con las cuales forcejeó varios minutos para hacerles comprender lo que quería. Finalmente lo escoltaron con recelo hasta Basilia. La descubrió en la penumbra de un comedorcito impecable y moderno, dentro de un sillón que le sobraba por todas partes.

—Dice que te conoce, ama —le anunciaron las dos viejitas.

Urko reconoció el bronco crujido de los organismos rescatados de la siesta y la voz inolvidable que entonaba cuplés en las coladas.

—¿Es un vivo o un muerto?

Siguió un silencio mientras Basilia se incorporaba por entero al mundo.

—La lámpara —ordenó.

La luz de una araña central mostró a Urko una figura larga y en reposo y unos ojillos vivaces que lo escrutaron a través de sus cataratas.

—¿Quién eres?

Fue un mandato de identificación que transportó a Urko a tiempos tribales.

—Urko. Urko Pínaga.

La anciana se enderezó no para ayudarse a mirar, sino para caminar mejor por sus recuerdos. Le pidió por señas que se acercara. Lo atrajo con sus manos de metal, le hizo doblarse por la cintura y le olió profundamente el pelo. Urko se estremeció bajo un abrazo caliente.

—Urko —la oyó decir en un tono total.

Pusieron una silla detrás de sus piernas y se sentó. Basilia y él se contemplaron a través de un vacío de treinta y seis años. Ella habló a sus dos hijas sin desviar los ojos.

—Es Urko, de los Pínaga de Mallatu. —Y añadió—: La guerra. —Y todavía añadió—: Y, ahora, la pobre Flora.

Urko presintió que lo estaba examinando como a un objeto recuperado de milagro. Las dos hermanas culminaron sus esfuerzos de reconstrucción.

—¿Recuerdas lo renacuajo que eras? Y, ¡anda!, mírale.

Urko las oyó cuchichear a su espalda y se puso en pie para cumplir con el saludo pendiente. De pronto las había recordado.

—Sois Petra y Luisa.

Las dos se ampararon en unas sonrisas de rubor.

—Se quedaron solteras, como las tontas —dijo Basilia.

—¿Y Remigio?

—Se murió sembrando patatas —contestó Basilia con densidad.

Urko la miró intensamente, hasta conmoverla por primera vez.

—Sí, hijo, se han llevado Zaldubiena. Me hicieron vender la tierra y me metieron en esta casita de muñecas.

—Ama, ya no podíamos tres viejas en un caserío con tanta heredad.

Tardaron dos horas en contarle la historia de la familia, que arrancaba de la guerra y concluía en aquel pisito artificial. Los pasajes más de su gusto los repetían una y otra vez, como si metieran a un niño las lecciones. Urko vio a su alrededor muebles de serie, cromos horribles enmarcados en las paredes y en el centro de la mesa un frutero con frutas de plástico. Recordó a la Basilia de los pesados trabajos en las huertas y de los grandes espacios naturales y sintió un ahogo en el pecho. Se le endureció su filosofía de derrota. Cuando le pidieron su propia historia, la liquidó en diez minutos.

—En estos días de septiembre te traía de la mano a por higos —recordó Basilia—. Ahora las higueras están bajo la carretera.

Urko recuperó de pronto la imagen de los dos hijos trepando a las últimas ramas para llenarle la cesta.

—¿Y Pedro? ¿Y Martolo? —preguntó.

—De marinos y casados —contestaron a una las dos viejitas.

—Nos traen loros, pero ama los suelta por la ventana —dijo Petra.

—No se puede con ella —dijo Luisa con orgullo.

Urko regresó a su asiento y se sumergió en la mirada de Basilia. Permaneció suspenso mientras ella realizaba con sus dedos un recorrido de comprobación por su cara y sus ropas, hasta que decidió moverse para mostrarle la foto. El hombre tenía el corte en el centro del cuello. Las dos hermanas se inclinaron con una curiosidad infantil.

—¿Habéis visto alguna vez a este hombre? —preguntó Urko.

Basilia pidió sus gafas y puso la cartulina a dos centímetros de sus ojos. Después levantó la cara y se quedó mirando al frente, comparando la foto con sus recuerdos.

—¿Quién es? —preguntó.

—No lo sé. Debes decírmelo tú. Es un hombre del tiempo de la guerra.

Basilia recogió el reto y se sumergió en un examen abrupto, mientras sus dos hijas contenían la respiración. Devolvió la foto con violencia.

—Seguramente está vivo —gruñó—. Yo me acuerdo mejor de los muertos.

Por pura inercia Urko pasó la foto a las dos viejitas.

—No pierdas el tiempo —dijo Basilia—. Estas han pasado por la vida sin enterarse de nada.

—Tiene cara de pipiolo —dijo Petra.

Su hermana soltó una risita de niña. Basilia se aplastó las dos orejas con las manos.

—Es el soldado —exclamó de pronto, con la mirada clavada en la pared.

Urko volvió a sentir un frío en la espalda. No se atrevió a hablar por no romperle a Basilia el hilo con el pasado.

—Fue en la retirada de los nuestros. Llamaron a la puerta y yo abrí. Al pobre chico lo traían entre dos.

—No se le escapa una —dijeron a coro Luisa y Petra.

—Yo no estaba —señaló Urko.

—A ti ya te habían puesto una chapita en la solapa y te habían metido en un barco —prosiguió Basilia, leyendo la escena en los dibujos del tabique—. «Tienen que curarle», me dijeron sus compañeros. «¿Qué pasa, Basi?», me preguntó tu madre desde la cocina. Yo metí en casa a los tres chicos. «Esto pasa», dije a tu madre. Y ella dijo: «A ver esa herida», y nos puso el suelo perdido con la sangre del brazo. Tu tía lo sentó en una banqueta y tu madre le rasgó las ropas y le curó. En esto, que se nos desmaya. Allí veías a Flora buscando a los amigos del soldado por toda la casa. Se habían ido. Bueno, lo cogimos entre las tres y a la cama. Lo desnudamos como a un niño y Flora quería ponerle un calentador. «No seas tonta», le dijo tu madre. «Con la fiebre que tiene y en junio.» ¿Qué íbamos a hacer con él? ¿Echarlo a la calle?

Extendió el brazo y Urko le devolvió la cartulina.

—Si estas no dicen lo de pipiolo... Sí, el pobre parecía un pipiolo. Pero ya está muerto.

—¿Cómo lo sabes? —preguntó Urko.

—Si estuviera vivo no lo recordaría tan bien. Desde hace años sólo me hablan los muertos.

—¿Cuánto tiempo se quedó? —preguntó Urko con un hilo de voz.

—Unas dos semanas. A los tres días se nos aparece en el pasillo, vestido y con todos sus trastos, y nos dice que se va.

«He visto a los italianos acampados en la playa»,

le dijo tu madre. «Entraron ayer.» «No puede ser», dijo el chico. Y tu madre: «Están repartiendo macarrones entre los niños». Lo metimos en el piso de arriba, por si venían a registrar la casa.

—Le preparasteis la habitación del fondo del pasillo —pronunció Urko sin poderlo remediar.

—Sí, aquel día tuve que quedarme cuatro horas más. Pero ya le pusimos. Cuando yo llegaba a Mallatu por las mañanas, no tenía que preguntar a tu madre y a tu tía si todavía seguía allí. ¡Qué caras!

—¿Se cerraba el piso?

—Claro, y tu madre guardaba la llave. «Tú, Basi, a callar, ¿eh?», me decía. Y yo me hacía una cruz en los labios. Sólo al final se lo conté a mi marido.

—Sin embargo, se marchó pronto.

—Él se empeñó. Tenía tanto miedo que se pasaba las noches dando paseos por el cuarto. Tu madre y tu tía se los contaban desde abajo. Nos pedía que le preparásemos el salto a Francia. Remigio supo de un grupo que huía en un gasolino. «Que hagan sitio para otro», le dije. Al día siguiente tuvimos la contestación. «El patrón pide cinco mil pesetas.» Entre tu madre y tu tía las reunieron. Mi trabajo en Mallatu era de nueve a once de la mañana, pero aquel día me dieron las doce de la noche. Lo despidieron como a un pariente, con besos y todo. ¡Y con lo que era la tía Flora para estas cosas! Yo lo guie de noche hasta la playa de Aizkorri, pero no bajé, porque aparecieron los carabineros y nos metimos en un agujero y estuvimos casi dos horas viendo la lumbre de sus cigarros. «Mejor en casa», le decía yo al chico. Él no podía ni hablar. Por fin, se fueron. «No se arriesgue más», me dijo entonces. «Ya voy solo.» Y me dio un beso, como ellas le habían enseñado. Se alejó monte abajo y se lo tragó la oscuridad y yo esperé a oír el motor. «Qué tonta», pensé luego. «Saldrán a remo de la playa, para no meter ruido.» De modo que volví a Mallatu a tranquilizarlas, y enseguida a mi casa. A estas tontas les dije que había ido a un velatorio.

Basilia elaboró el relato sin levantar los ojos de la cartulina. Los recuerdos llenaron sus ojos de humedad y buscó un pañuelo en el gran bolsillo de su falda.

—¿Cómo fue lo de Flora? —preguntó, saltándose treinta y seis años.

Urko se lo explicó.

—¿Por qué pasan los años? —suspiró Basilia detrás del trapo blanco.

—Creíamos que eras muy feliz con tus noventa y siete —le dijo Luisa—. Nosotras estamos más contentas cada día.

—Así, pues, el soldado jamás volvió por Mallatu —comentó Urko.

—Hay muchos que se quedaron para siempre en Francia o en las Américas —dijo Basilia—. Era de Bérriz, pero sé que no volvió por la tierra. Y ya no volverá, porque está muerto.

—De Bérriz —repitió Urko—. ¿Y cómo se llamaba?

—Justo.

Urko tuvo que afirmar sus huesos para soportar el impacto de aquella imagen solidificándose.

—Era de Bérriz, se llamaba Justo y no volvió.

Basilia creyó que hablaba para ella.

—Al pobre se lo llevó la guerra.

—Y Mallatu retornó a la normalidad. ¿O no fue así? ¿Se continuó viviendo como si el soldado no hubiera existido? ¿Notaste algo nuevo en la tía Flora?

—Bastante tenían con lo de tu padre.

Urko se avergonzó de haberse adentrado en aquella parcela del pasado marginando el tema de la sangre. La tía Flora le había referido en una carta patética la tragedia de su padre. Pero, ahora, por primera vez, una voz de aquel tiempo podía transmitirle una información caliente.

—Tampoco él volvió —dijo.

Basilia estuvo rescatando recuerdos durante varios segundos, y cuando los tuvo reunidos se puso a llorar con la blandura de los viejos.

—Pasó por casa sólo unas horas antes que el soldado —relató con los ojos metidos en el trapo—. Se despidió en diez minutos. Tu tía pudo entregarle en mano los guantes que le acababa de terminar para enviárselos al frente. Corrió a alcanzar su batallón de gudaris. ¡Cómo iban los pobres chicos! Se entregaron en Santoña. Después fusilaron a tu padre.

—¿Recuerda alguna palabra suya de aquella despedida? —le pidió Urko.

—Tu padre le preguntó a tu madre si te había metido en el bolsillo la armónica.

Urko se conmovió.

—También le dijo que si te llevaban a Rusia te sacase enseguida de allí. «No quiero dejar a un hijo mío en manos de esa gente», dijo. Entonces tu madre se echó a llorar, y también tu tía, y yo, y tu padre consolándonos a las tres.

—¿Qué ocurrió luego en la casa?

—¿Te parece poco lo que ya había ocurrido? Aquello fue una tumba. Ni siquiera me tuvieron a mí. Yo no quería irme, pero eran muy tercas.

—¿A qué te refieres?

—Estaban arruinadas y no podían pagar una interina. «Te volveremos a llamar cuando cambien los tiempos», me dijo tu madre. «Trabajaré gratis», les decía yo. Pero sólo san Nicolás sabe lo tercas que eran. Desde entonces sólo iba una vez por semana a llevarles huevos y verduras del caserío. Todavía me pregunto cómo salieron adelante. Tu tía se pasaba de la mañana a la noche haciendo jerséis para vender y tu madre convirtió el jardín en huerta. Bueno, pues, encima de todo, recogieron a la niña.

—Creo que fue dos años después, por las Navidades del año treinta y nueve.

—Sólo recuerdo que nevaba. Por aquellos días

yo iba a las clarisas a limpiarles la capilla. Una mañana me dicen: «Dios nos ha dejado un angelito». Era una criatura preciosa, como suelen ser los hijos de la guerra. Tendría una semana. Alguien la había abandonado, envuelta en mantillas, a la puerta del convento. Acabo mi trabajo, recojo la cesta, paso a Mallatu y les cuento a tus mujeres la novedad. «Nosotras seremos sus madres», me dicen a una las dos. Y allá se fueron, con sus caras de hambre. Las monjas no habían tenido tiempo en tres horas de tomarle cariño a la criatura, y se la entregaron a tu madre y a tu tía. Se hizo el papeleo en el juzgado y así entró Regina en Mallatu, convertida en una Pínaga. Desde el día siguiente mis hijas le llevaron leche del caserío. Un mes después moría tu madre.

—En enero del año 40 —murmuró Urko, extrayéndolo de los primeros recuerdos de las cartas. No sabía qué preguntar más, pero no podía separarse de aquella conexión con el pasado. Vio cerrarse la noche escuchando menudencias entrañables de Mallatu y se despidió de Basilia y de sus hijas prometiendo volver. Basilia quiso ponerse en pie para besarle en la frente y él se inclinó para ahorrarle el esfuerzo. Durante todo el regreso le estuvo quemando sobre la piel el frío de un pasado más muerto que nunca.

10
La recalcitrante Regina

Se desvió de la ruta y pasó por Algorta en un desesperado intento de tropezar en una calle con Regina o Alejandra. Ignoraba dónde vivía la interina y no sabía qué hacer para comunicarse con su prima antes del viaje. Necesitaba contarle la prueba de la inexistencia del fantasma de Mallatu.

El pueblo estaba viviendo la agonía del verano. Había ante los portales camiones de mudanza y varios adolescentes ayudaban a los transportistas en el acarreo de muebles con una tristeza profunda. Paseaba las aceras una juventud con caras tostadas por el sol en pugna con las trincheras de invierno. Urko tuvo la idea de localizar el coche de Regina entre los aparcados, pero desistió al ver tantos iguales. Se deslizó por aquella Algorta desconocida de escaparates iluminados y de gentes urbanas, sin ceder a la tentación de confrontar al pueblo que veía con su conciencia de exiliado.

En la misma verja de Mallatu una figura surgió de la sombra para preguntarle si era Pínaga. Urko le contestó. Era un hombre alto y de ademanes pulidos, con un traje azul de Gales y una corbata soleada.

—Soy el trapero —dijo.

Urko suspendió su respiración.

—Era hoy, ¿verdad? —preguntó, volviendo a sentir sus intestinos.

—Llevo esperando toda la tarde.

—Lo siento.

Entonces descubrió el camión, enorme y destartalado, como otro monstruo al acecho, en la penumbra de una bombilla de poste de alumbrado.

—Ya es tarde —apuntó.

—Nosotros no tenemos horas —dijo el trapero—. Además, he de recuperar la tarde.

A Urko se le secó la garganta.

—Verá usted...

Sintió sobre sus hombros todo el peso de la última decisión de la estirpe.

—Ha habido un error —dijo—. Espere mi llamada. Yo le resarciré del quebranto.

El trapero aguardó demasiado tiempo y a Urko le pareció un buitre resistiéndose a abandonar sus desperdicios.

—Ya oyes lo que te dicen, Ezequiel.

Era una voz nueva. Urko percibió los inconfundibles efluvios de carne oprimida del cura don Pedro antes de verlo a su lado. Con un movimiento grácil, el trapero le tendió una tarjeta, pero fue el cura el que se adelantó a recogerla.

—Clava tus garras en otro, Ezequiel —le dijo—. Este muerto va a resucitar.

Urko se asombró de la coincidencia de las imágenes.

—Don Pedro, los curas no deben meter las narices en los negocios de la tierra —replicó el trapero—. Este señor y yo...

—Este señor no es un señor sino un míster —dijo el cura.

El trapero recuperó la tarjeta de sus manos y se la pasó a Urko, apoyando un dedo en un punto.

—Mi teléfono —musitó en tono secreto.

Subió al camión y al iluminarse la cabina Urko vio que lo conducía otro hombre. Al pasar ante ellos con estruendo, el trapero asomó la cabeza por la ventanilla.

—Mañana voy a su iglesia a repartir la comunión.

Urko sintió en su brazo la presión de la manaza del cura.

—No has ido.

—¿Cómo?

—No has visto al alcalde.

Urko enlazó la situación con la charla en el jardín y le fastidió aquel acoso. Pero se le sobrepuso la curiosidad.

—¿Cómo lo sabe?

—En los pueblos se sabe todo.

Se dijo que era tonto, pero no pudo desvincular del problema de España aquella intromisión clerical.

—Sólo quedan dos días —prosiguió el cura. Leyó en la frente de Urko y agregó—: Lo hago por ella. Me lo pidió.

—¿El qué?

—Lo que te habría pedido a ti de no morir tan inoportunamente.

—¿Qué le dijo?

El cura permaneció un largo minuto en una tensión cerrada.

—La casa —susurró después—. Quería librarla de toda profanación.

Urko advirtió que el lenguaje del cura era similar al que él empleaba desde el hallazgo del dormitorio clausurado.

—¿Le reveló mi tía algún secreto?

El cura apretó la boca como un molusco. Urko insistió.

—¿Ha pisado usted el segundo piso de Mallatu?

El cura le respondió con otra pregunta.

—¿Qué hay en ese piso? —Alzó aparatosamente los brazos y exclamó—: ¡No me importa lo que haya! Ella está muerta, pero nosotros estamos vivos y hacemos menos que un muerto.

A Urko le recordó al mensajero español de una de

sus novelas, que no hallaba manera de entregar un mono de Gibraltar en el palacio de Buckingham sin que pareciera una alusión.

—¿Por qué no me dice lo que sabe?

—De eso ya hablamos el domingo —dijo el cura.

—Admita que sabe más que yo sobre mi tía.

—No sé nada acerca de ese segundo piso.

—Supongo que, al menos, me dirá dónde vive Alejandra, la interina.

El cura aflojó la tensión de sus carnes.

—En el Puerto Viejo. Pregunta por la Gorriona.

De no haber temido que le acompañase, Urko hubiera salido inmediatamente en busca de la mujer. Traspasó la verja para poder desprenderse de él con las buenas noches. «Vete al alcalde», fue la despedida de don Pedro. A un metro del caserón oyó un chisteo. Una sombra pequeña emergió del viejo jardín pronunciando su nombre. Urko descubrió que todavía era capaz de sentir felicidad. La voz de Regina se dibujó en la noche.

—Te llevo esperando dos horas.

—Menos que el trapero —dijo Urko—. Al parecer, esta noche el mundo depende de mí.

—Ese hombre mintió. Llegó después, a las siete. No debes abonarle la tarde entera.

Urko la tomó del brazo para meterla en la casa, pero ella se fijó al suelo.

—La temperatura es agradable. Hablemos en el jardín.

Buscó su mirada en la oscuridad y descubrió que decía otra cosa de lo que decían sus frases. Ocuparon uno de los bancos con la delicadeza de unos novios formales. Urko no pudo esperar un segundo más.

—Nunca vivió nadie en el piso de arriba.

Regina acogió la noticia con naturalidad. Él le contó todas las revelaciones de Basilia.

—¿Te convences ahora? —concluyó—. La tía se pasó treinta años adorando a un fantasma.

—Amó a un hombre de carne y hueso —susurró ella—. Un hombre que incluso había dormido quince días en esa alcoba y que le dejó una foto.

—Sí, seguramente durmió en esa alcoba, pero enseguida desapareció, y para siempre.

—Supongo que sí.

Urko giró con pesadez para tomarla de los hombros.

—Ya sé que una prueba tardía no tiene muchas posibilidades contra una obsesión arraigada, pero tú debes colaborar. Esta es una auténtica prueba. No oías nada por las noches.

Urko sintió que tenía entre las manos una cosita quebradiza.

—Lucha, lucha —y la sacudió de un modo rudimentario—. No me negarás que viniste en busca de esta prueba. Comprendes su importancia: ya es algo. Te estás incorporando a la razón, y al final de ese viaje...

—Eso es amor.

—... al final... ¿Cómo? ¿Amor? ¡Amor...!

A Urko le corrió por debajo de la piel una humedad tierna y desprendió sus manos de aquellos hombros.

—Se dice que estas cosas sólo son de las novelas.

El tono de Regina ponía una emoción en el jardín. Era otra, o estaba manifestando lo que todas las mujeres llevan dentro.

—Empezó protegiendo al soldado y acabó por amarlo como una tonta. ¡Y todo en quince días!

—Así sucedió —dijo Urko, abrumado.

—Ella, la pobre mujer con las ilusiones ya perdidas. Acabó la guerra y le siguió esperando. Es posible que lo fuera a buscar a Bérriz. Preguntaría con miedo, temiendo que le contestaran que ya había regresado. Pero, no, no la había olvidado; los muertos no pueden olvidar. Regresó y montó ese museo de amor. Subía por las noches a hablar con su recuerdo, a besar la foto y a dormir en aquella cama que acaso retuviera recuerdos imborrables. ¿Por qué no? Dicen que una guerra implanta leyes nuevas para vivir. Se amaron en aquel lecho, sin duda a espaldas de tu madre. Se amaron precipitadamente para poder soportar tanta tragedia. Se amaron, Urko, se amaron, y no pienses que profanaron Mallatu.

—No lo pienso.

—Luego vinieron los largos años de locura, viviendo de ese aposento... Todo delante de mis propias narices y no lo comprendí. Si ella me hubiera hablado... A veces, pienso que yo lo presentía todo y que no era el miedo sino los celos los que me aterrorizaban. Pero ella debió hablarme. Ese maldito cuarto nos separó siempre. Mamá no me quería en casa. Necesitaba estar sola con su cuarto y con su muerto. Eso es amor.

Urko la dejó hablar sin mover un pliegue de su ropa. Oía su difícil respiración por encima de unas palabras que iban colgándose de la atmósfera del jardín. Regina concluyó con una frase metálica:

—Nunca conocemos a nadie.

De pronto se enderezó para lanzar al primo una de sus miradas burlonas.

—¿Te enamorarías en quince días?

—Eso es privilegio de reyes. Los del pueblo tardamos más.

—Te has puesto rojo.

Urko sacó la pipa y el tabaco y sintió como nunca deseos de fumar las brozas de panocha de su infancia.

—Creo que es un placer meridional. Jamás lo experimenté en Inglaterra.

—¿Concibes un enamoramiento tan rápido? ¿Lo concibes en mamá?

—Nunca he sido una mujer de treinta años.

—Escucha —Regina había empezado a mover las manos con esa gracia desarmónica de adolescente que a Urko tan bien le caía—: mamá, no con treinta sino con treinta y dos o treinta y tres años, en una casa que acaba de perder a un niño, tú, y a un hombre, tu padre; y ese gudari de veinte años, cercado en esa casa en campo enemigo. Y sólo quince días para olvidar el mundo. ¿Amor? En todo caso, un parche para la desesperación. Algo en lo que no pudo caer ella.

—Sin embargo, acabas de admitir...

—En realidad, estaba pensando en otro hombre.

Urko suspendió su operación de prender la mecha.

—¿Otro hombre?

—Es decir, un novio, un verdadero novio.

—No, no, no, no... Ya sé adónde quieres llegar.

—Soy el producto de veinte años —gritó ella sin voz.

—¿Y la prueba desmintiendo el fantasma?

—¿Cómo te fías de una mujer medio ciega?

Urko se paralizó. Sus manos cayeron sobre el banco con los materiales de fumar y durante unos segundos no se atrevió a navegar por los pensamientos de Regina.

—La pobre Basilia no ve tres en un burro —prosiguió la muchacha—. No ha podido reconocer al soldado en esa foto pachucha.

—La miró y pronunció su nombre. Y yo no le había hablado de él.

—La influiste de alguna manera. Piénsalo.

—Bueno —Urko recordó—: le dije que era un hombre de aquel tiempo. Es bien poco.

—No creas. En Mallatu casi nunca ha habido hombres.

Urko seguía petrificado.

—¿Y bien?

—La foto no corresponde al soldado sino a ese otro hombre, un novio como Dios manda, alguien con quien mamá ya se relacionaría antes de la guerra.

—Jamás oí hablar de ese tipo.

—Entonces eras un crío.

—¿Y por qué lo metió en la casa?

—Todo pudo empezar una vez muerta tu madre. El chico sería un perseguido de la posguerra, mamá estaba sola en la casa, yo no contaba aún, y se trajo al novio. No dejó de ser una forma de boda, la única que permitían las circunstancias.

—¿Y qué pasó? Ya no está en el piso. Lo comprobé. Al menos, admite esta prueba.

—Se podrían encontrar muchos finales sencillos: un divorcio amigable al cabo de los años; su muerte, simplemente... ¡Qué sé yo! Muchos finales.

Urko se puso en pie actuando sobre cada centímetro de su cuerpo. El esfuerzo aceleró su respiración. Su tono no habría sido tan abrupto de no oler a carne chamuscada y descubrir que era su pulgar.

—Todos los absurdos con tal de tener un hombre en la casa durante veinte años, ¿verdad?

Regina lo vio sacudir la mano y se levantó.

—A ver, enséñame el dedo.

—Tu mente no es científica: busca hechos para tus deseos.

Rescató su mano de las de ella y empezó a pasear pendulando el brazo y llevando la pipa, el tabaco y la mecha en la otra mano. La frescura de la noche rozándole el dedo le sumió en un ensueño y se encontró dándole vueltas a la vieja obsesión.

—La guerra sigue —murmuró—. No hay más que escarbar un poco para encontrarla. La tía Flora vivió en la guerra hasta hace tres días y nadie lo hubiera dicho.

Ella contempló respetuosamente sus evoluciones. Urko notó que las confidencias se le salían por la piel.

—He vuelto a una tierra que no reconozco, y no porque lleve treinta y seis años fuera de ella, sino porque durante ese tiempo he ido construyendo una idea de exiliado que hasta ahora no pude hacer encajar. Quisiera saber cuántas tías Floras hay en el país.

—No veas España a través de Mallatu —dijo Regina.

—No lo puedo evitar.

—Algún día te hablaré de una cuadrilla de locos felices que suma treinta y tres millones.

—Es fácil sepultar el dolor.

—Viene a ser como no tenerlo. Nuestra gente ha sufrido, pero eso ya quedó atrás.

—Creo reconocer bien a dos españoles de entre esos treinta y tres millones: a la tía Flora y a mí. No me hables de olvidos.

Urko aguardó todo un viaje por el jardín la réplica de Regina. La encontró mirando una de las ventanas bajas del caserón y le oyó una voz que apenas perforó la noche.

—Tienes razón: sufrió hasta el último momento. Allí la veía, en ese mirador. Le llegué a controlar sentadas de más de ocho horas.

—¿Qué miraba? —preguntó Urko melancólicamente.

—El jardín.

—Entonces, se pasó toda la posguerra mirándole.

Tampoco le llegó a Urko la respuesta. Se detuvo ante su prima. Le observó en la expresión una grieta que se acababa de abrir en sus recuerdos.

—Eso no sucedió siempre —le oyó susurrar—. Sólo en los veranos... No, no, espera... No en todos los veranos de la posguerra, sino únicamente a partir de mi salida de la casa. Lo recuerdo porque fue en mis vacaciones cuando más la busqué para unirnos y cuando menos la encontré. Era imposible sacarla de aquel ensimismamiento. Constituyó parte de su locura.

—Bueno —dijo Urko.

—¿No te das cuenta? Fue como si el tiempo le hubiera ido recrudeciendo la pena de amor. Déjame creer que fue en este jardín, quizá en este mismo banco, donde el hombre la besó.

Empujado por una sospecha Urko la miró mejor a los ojos.

—Estás llorando.

Él mismo dejó de resistir a la emoción cuando giró la cabeza y descubrió de nuevo la torva armadura de la excavadora por encima de la tapia.

—Mañana veré al alcalde —dijo profundamente.

Vio las lágrimas de Regina caer por sus mejillas con la mayor naturalidad y sintió que en sus intestinos se enraizaba la frustración. Era una noche sin temperatura. La quietud traía de la playa un silencio de siesta marina. Urko sólo pudo nombrar la guerra evocando el engaño de las apariencias.

—Eres la culpable de mi fatalismo. Y a ti también te iría mejor si vaciaras de novios la casa. —Regina recogió como una niña el pañuelo que le ofrecía—. ¿Te habló alguien de ese novio de antes de la guerra?

—Sí, Alejandra.

—¿Vive?

—No lo sé.

Urko organizó los instrumentos de fumar y prensó meticulosamente una carga de pipa. Prendió el tabaco con la mecha amarilla y tomó del brazo a la muchacha.

—Vamos a dar un paseo —dijo.

Ella se dejó conducir hasta la calle y bajo la bombilla del primer poste confirmó en los ojos de Urko lo que sospechaba.

—Me habló de ello hace unos años —dijo, secándose las últimas lágrimas—. Quizá no lo recuerde.

—El pueblo nunca olvida los novios de los demás. Y gracias por quedarte. Entre los dos haremos mejor lo que haya que hacer.

Regina plegó lentamente el pañuelo y se lo devolvió.

—¡Qué remedio! Aunque no soy una Pínaga, me comporto como si lo fuera. Mi vida sigue estando marcada por mamá. ¿Hasta cuándo?

—Tú eres una Pínaga —pronunció Urko con convicción, y durante un brevísimo instante sorprendió en su perfil los rasgos inolvidables de la tía Flora.

11
Una Regina de madera

Alejandra la «Gorriona» vivía una viudez solitaria en una de las casitas del Puerto Viejo que el Ayuntamiento mostraba a los turistas. Eran casitas arruinadas, de maderas azules y paredes blancas, habitadas por una raza que ya llevaba una generación desdibujándose. Urko recordó las batallas a pedradas que los niños de su barrio sostenían con aquellos aborígenes que si capturaban a un enemigo le daban tormento. Fueron gentes bravas, descendientes de balleneros, y en la actualidad domesticadas por las sirenas de las fábricas y una derrota armada. En las estrechas callejas los hombres andaban al chiquiteo y de las tascas salía un olor a chicharro frito. Regina llamó a una puertecita de cristales y desde dentro la voz de Alejandra respondió con un ronquido gutural. Era la primera vez en su vida que Urko entraba en una de esas casitas, pero su arraigado temor de la niñez fue barrido para siempre por una Alejandra que se pasó toda la visita ocultando las fallas del decorado. Fue precisa en sus contestaciones. Según ella, a Flora la «Tiesa» le había salido un novio marino dos años antes de la guerra; en uno de sus viajes el chico se quedó en las Américas y luego probó fortuna en otras partes del mundo, hasta que regresó alrededor del año sesenta, pobre y tísico; murió cuando daba de comer a un pajarito. Regina y Urko salieron un momento a la calle.

—Tendrás que buscar otro novio —dijo Urko.

Regina no le miró.

—Puede que no anduviera por ahí.

—¿Te atreves a suponer...?

—Quizá lo suponga una vez que acabemos con el otro.

—Claro, es tu última baza.

La vio levantar los ojos como un animal apaleado y se recriminó por no acabar de admitir que no hacía más que intentar salvarse de la locura.

—Está bien —dijo—. Iremos a Bérriz.

De pronto Regina tendió la mano.

—Déjame un momento la foto. Hacemos las cosas a medias.

Urko se la entregó y la vio desaparecer en la casita. Regresó minutos después sin una expresión particular y le devolvió la cartulina como si quemara. Él deseó oírle algo que cerrara definitivamente las investigaciones de los novios.

—No —suspiró Regina—. Dice que no se le parece en nada, que aquel era más mula.

Urko descubrió a la interina detrás de unas cortinas transparentes.

—¿Sabías que a la tía la llamaban la «Tiesa»? Aquí nadie se libra de un mote.

Regina asintió con una sonrisa lejana.

—Ya sabes cómo son.

—Tú también tendrás uno —comentó Urko.

—Supongo.

—Y yo, si me quedo algunos días.

Fue una prueba más de lo remoto que se sentía de aquella tierra. Se despidieron hasta la mañana siguiente, para ir a Bérriz, y Regina entró en la casa para sacarle una bolsita de papel con fruta, queso y unas lonchas de jamón para la cena. Urko metió la cabeza en la vivienda para dar a Alejandra las buenas noches y se alejó calleja arriba convencido de que la mujer ya le había encontrado un mote.

Entró en Mallatu después de un trayecto atormentado a través de un extrarradio dormido. «El cura tiene razón», se dijo. «No estoy haciendo nada por la tía Flora.» De pronto había descubierto que con los novios sólo satisfacía una morbosa curiosidad. Volvió a los orígenes, a la carta, y trató de arrancar por una ruta nueva. Pensó que no era ético hurgar por capricho en un pasado muerto; que la identificación de los novios no rebasaba la pura anécdota. «Es el santuario de amor lo que la tía quería que yo salvase. El santuario y toda la casa.» Se dijo que cualquiera de esos dos novios, u otro en quien no habían pensado todavía, inspiró la creación de ese museo sentimental que ella esperaba que le sobreviviera.

Se preparó una cena de pajarito mientras elegía frases para convencer al alcalde. Puso en un mismo plato una fracción del queso, dos láminas de jamón y cuatro galletitas que sacó del armario, y se sintió un hombre diferente. Se instaló ante el plato y un vaso de leche que calentó con papeles y masticó sin sacar sabor a los alimentos. Al principio echó la culpa al silencio pleno de recuerdos que le llegaba de toda la casa, pero enseguida supo que se trataba de un silencio más reciente. Se imaginó a una niña durmiendo despierta en la soledad de aquel piso y oyendo un silencio cargado de cosas vivas que la hacía apretar con más fuerza el cuchillo de cocina contra su pecho. Creyó que era una trampa que le tendía su inclinación a seguir la pista de los novios, hasta que él mismo experimentó la sensación de no estar solo. Siguió comiendo mecánicamente, con la esperanza de que el sopor trajera una lógica al momento, pero concluyó la cena bajo la misma impresión. Tomó el vaso, el plato y el tenedor y los dejó sin ruido en el fregadero, y salió al pasillo en dirección a la puerta del jardín. Había encendido el balón blanco del techo y al echar una ojeada al escenario le sorprendió que la escalera no concordaba con la de su recuerdo. No hizo caso, por no complicar más la situación, y pasó al jardín a echar una pipa. Pasaban rozando las palmeras unas nubes arrastradas por un viento de otra capa, semejando masas con motor propio. A Urko le acongojó la negrura que había caído sobre la noche. Paseó por la parte larga del jardín, dando las vueltas al pie de la excavadora y del ventanal de la tía, teniéndolos delante en cada recorrido, y persistió aún mucho tiempo después de empezar a advertir el desaliento en sus intestinos. Guardó la pipa y se reintegró a la casa, resuelto a no claudicar ante espejismos ni nostalgias; a sumirse en algo tan sólido, práctico y actual como la elaboración de las frases para el alcalde. Se puso el pijama, apagó todas las luces y al meterse en la cama tampoco quiso pensar que era la de su infancia.

Al término del primer sueño fue despertado por el silencio. Sin cambiar de postura trató de reconstruir su mentalidad diurna, pero tropezó con el muro de la noche de Mallatu. Quiso ampararse en la búsqueda de razonamientos que oponer al municipio y se encontró con todo un discurso amasado en el presueño. No supo qué hacer. Descubrió que si abría los ojos la oscuridad le enviaba más comunicaciones, y experimentó que la Presencia de que le hablara Regina era tal como se la figuraba. Compadeció a la niña indefensa y durante una décima de segundo estuvo tentado de volver a los novios, aprovechando su alucinación, pero lo consideró una jugada sucia. De modo que afrontó la realidad que le enviaba la noche. Permaneció en la cama viviendo hacia atrás los años que no había vivido en Mallatu, en una duermevela clarividente, hasta tomar contacto con una tía Flora que se levantaba por las noches de su lecho solitario y subía al segundo piso a dormir bajo una fotografía. Nunca la sintió tan próxima. Durante unos minutos recorrió con ella sus treinta y seis años de manso dolor y se identificó hasta el fondo con la carta pidiéndole ayuda. Echó a un lado las mantas, cediendo a la emoción del instante, y se puso a caminar en pijama como un sonámbulo. Ya estaba en el pasillo cuando se acordó de que no tenía la llave, y regresó.

Llegó a oscuras hasta la puerta y entró en el piso incorporado al tiempo de la tía Flora. Supo lo alucinado que estaba cuando, al encender la luz, una ráfaga de clarividencia le aseguró que el día se llevaría el ensueño y que ningún discurso torcería la voluntad del alcalde. Abrió la cama y se acostó entre aquellas sábanas que al perder su tersura desprendieron un vaho decrépito. Comprendió lo impregnado que estaba de la tía Flora. Sabía que al amanecer se arrepentiría de lo que estaba haciendo, mas no se sintió un profanador. Se abrió de par en par al espíritu de la tía y se dispuso a vivir con intensidad aquel adiós definitivo. Se sintió rodeado de objetos palpitantes que le emitían noticias concretas, y poco a poco le invadió el convencimiento de que allí estaba la verdadera Flora de la posguerra. Tanto se identificó con ella que echó en falta la foto en el sitio de los santos. Pensó que con la luz apagada la comunicación sería más intensa, y al incorporarse para alcanzar la pera descubrió el bulto sobre el armario.

Su mente proseguía en el sopor al recordar que no vio aquello en la primera visita, pero hubo de mediar una pausa de media hora de sueño para que, al despertar, comprendiera que los ojos de su mente no se habían apartado de la cumbre del armario. Arrastrado por un impulso apacible dejó la cama y situó una silla junto a la luna del mueble. Ni la cómica imagen en camisón que le devolvió el espejo le acabó de despertar. Rozó con sus manos dormidas un objeto largo y accidentado envuelto en un tejido flexible, denso de polvo. Al levantarlo notó que tenía el peso natural de la madera. Regresó con él al suelo y la tela se desprendió soltando una nube amarilla. Era una talla de un metro representando una mujer desnuda. Urko despertó de golpe al descubrir que se trataba de Regina.

Se sentó en un sillón con ella sobre las rodillas. Al término de una figura larga, idealmente estilizada, se erguía una cabecita del tamaño de un coco y de una realidad apabullante. El rostro de la prima estaba repetido hasta en sus menores detalles. Lo único que faltaba era su encanto híbrido, pero Urko lo atribuyó a la resistencia del material. La estatua había sido trabajada a conciencia, precisando cada rasgo y cada curva, dando un acabado perfecto a las nimiedades, tomándose el autor todo el tiempo del mundo. «Es un producto de presidiario», pensó Urko con un estremecimiento.

Pasó toda la noche tratando de hacer casar las teorías, pero el primer gallo le sorprendió perdido por una ruta nueva. Se le derrumbó todo lo construido anteriormente. Ya no era la tía Flora la protagonista, sino Regina. Urko se indignó con la burla a que le había sometido desde el principio. Aquella escultura hablaba de un hombre encerrado en la casa el tiempo suficiente para adquirir una mentalidad de recluso. Se preguntó cómo pudo ingeniárselas Regina para esconderlo años y años a espaldas de la tía Flora. «Es capaz de todo», se dijo. «Puede engañar al propio demonio. Ella misma es un demonio.» ¿Acaso la tía consintió aquella locura? Sin embargo, ¿por qué? ¿Quién fue ese hombre? Urko no podía relacionar aquel procedimiento medieval con una muchacha moderna.

Se puso en pie con las tripas endurecidas por la certidumbre de que todo el mundo le había tomado por tonto. Arrojó sin ningún respeto la estatua sobre la cama y salió apagando la luz de un manotazo. No sabía qué hacer con aquel mundo que le reclamaba al cabo de treinta y seis años. Ya ni siquiera sabía para qué le había llamado la tía Flora.

12
El extraño escultor

A las siete de la mañana Urko tomó una ducha fría de purificación. Fue recogiendo cada parte desnuda de su cuerpo la afirmación de que él no embrollaba las cosas por el hábito de sus novelas policiacas. Mientras pelaba la fruta del desayuno pensó en el alcalde. Sintió que todas las frases que tenía preparadas se le deshacían en la raíz de la lengua. «Ya no tiene razón de ser hablar con él», se dijo.

Salió al jardín a esperar las once y descubrió que las fauces de la excavadora lo dejaban indiferente. «No se puede destruir lo que ya está muerto.» Le invadió la tranquilidad que se vive en los entierros, porque acababa de comprender la necia lucha que había sostenido en las cuarenta y ocho horas precedentes. Ya no quedaba en Mallatu nada de la tía Flora. El cuarto secreto había dejado de ser su ruego de ultratumba, porque nunca fue de ella.

Sin embargo, a Urko le costó desprenderse de esas

cuarenta y ocho horas. Tuvo que ayudarse de sus pensamientos de exiliado para implantar una idea de derrota irreversible. Se derrumbó en el banco bajo el súbito descubrimiento de que todo eran argucias para no pensar en Regina.

Sólo a los quince minutos consiguió desembarazarse de los demás para dedicarse a sí mismo. Se recordó de niño cazando lagartijas en aquellos mismos muros y poniendo en los arbustos palitos con liga para los gorriones. Comprendió que había vivido en Londres treinta y seis años con la tranquilidad de que le esperaba un refugio en sus orígenes. Dirigió una mirada de rencor a la excavadora y se levantó para ir a ver al alcalde.

Cruzó las calles bajo unas nubes cerradas de plomo que entristecían todos los objetos. Cediendo a su conciencia de exiliado se entretuvo en encasillar a la gente que pasaba a su lado en el mundo de antes de la guerra o en el mundo de después, y perforaba sus facciones para que le dieran sus respuestas. Sólo recibió las expresiones felices propias de los habitantes de los pueblos pequeños. Se enfureció. Le asaltaron las experiencias de su regreso, aquella carta que no esclarecía nada, aquella prima que representaba ante él todo su repertorio dramático y aquel cura que parecía estar en el secreto de todo. «No os creo», pensó, mirando con dureza a las personas de la calle. «Todo el mundo se muestra como no es y me pone pistas falsas.»

En el Ayuntamiento, un ujier con manazas de menestral le preguntó si había pedido audiencia. Urko le contestó que no.

—Le tomaré el nombre para el viernes —dijo el ujier, agarrando un bolígrafo que se perdió entre sus dedos.

Urko avanzó un paso hacia la mesita.

—Vengo de Londres —emitió, sacando la pipa.

El ujier mantuvo el bolígrafo en el aire, pensando. Finalmente se levantó e introdujo al visitante en una antesala con un gran retrato del general Primo de Rivera tapado de medallas.

El alcalde llegó a las once. Se abrió una puerta de comunicación y Urko vio a un hombrecillo atildado y reluciente.

—Pase —le oyó decir.

El despacho era de una gravedad clerical, con tonos oscuros que asfixiaban la atmósfera. Urko recibió de una mano de muerto una invitación para sentarse.

—Usted dirá.

—Me llamo Urko Pínaga.

Notó que el nombre no le decía nada al alcalde.

—Acabo de venir de Londres y me entero de que el Ayuntamiento quiere derribar mi casa. Está por la Campa de San Juan. Se llama Mallatu.

El rostro del alcalde señaló que seguía sin entrar en el asunto.

—Quiero saber si se puede recurrir.

El alcalde pulsó un timbre y apareció un secretario con aspecto de búho. Hablaron como si tuvieran cerca al enemigo. El secretario sacó de un armario y extendió sobre la mesa un plano de dos metros. El alcalde lo despachó con los huesos de su mano y luego clavó un dedo en un punto del mapa.

—Su casa —dijo—. La nueva calle le pasa por encima. Ya está todo aprobado en Madrid. Ahora se pagan bien las expropiaciones. —Miró a Urko—. Perdóneme... ¿qué nombre dijo?

—Pínaga.

—Lo lamento mucho, señor Pínaga.

Urko se levantó para acercarse al mapa.

—¿Es absolutamente preciso?

—Llevamos seis años viendo el modo de causar el menor daño posible.

—Una casa vieja tiene alma. Mi tía guardaba recuerdos sagrados. Tenía una habitación...

—Los hombres también tienen alma y se mueren.

—Pero este mapa no lo ha hecho Dios.

El alcalde se retiró contra el respaldo y sonrió.

—¿Quién vive en la casa?

Urko comprendió a tiempo que su respuesta lo estropeaba todo, pero no pudo evitarla.

—Nadie.

Ahora el alcalde lo miró con curiosidad.

—¿Entonces?

Sonó el teléfono y lo tomó con la punta de los dedos.

—A ver... Sí, Moncho, a las cinco, en el Golf... Ya me contarás.

Urko fue consciente de que no tenía sentido tocar el conflicto entre clases sociales, pero tampoco lo pudo evitar.

—Al parecer, hay casas de primera y casas de segunda —dijo.

El alcalde tardó medio minuto en responder. Miró a Urko con curiosidad creciente mientras abría una pitillera de oro y se la tendía por encima de la mesa. Urko paró el ofrecimiento con la mano.

—Ahora recuerdo —dijo el alcalde—. Hace unos días me visitó una señorita Pínaga. Sí, me habló de su sobrino de Inglaterra. No sé por qué, pero lo hizo. De modo que es usted el que se marchó de niño y no ha vuelto hasta ahora. —Clavó en Urko unos ojos de diamante—. También los que ganamos la guerra éramos personas decentes. El trazado de las nuevas calles de Getxo ha sido concebido por unos arquitectos íntegros. Y escúcheme, por favor: en estos momentos, todos, los de arriba y los de abajo, corremos el mismo riesgo de ser aplastados por el nuevo aeropuerto. Los de Madrid nos lo quieren plantar encima.

—Un aeropuerto —repitió Urko pensando en otra cosa—. ¿Qué le dijo mi tía? ¿Recuerda usted si su visita fue el día 5?

—Creo que sí.

—¿Defendió Mallatu esgrimiendo alguna razón especial?

El alcalde encendió un cigarrillo.

—Las de siempre en estos casos.

—¿Advirtió usted alguna diferencia entre esa visita y las anteriores?

—No recuerdo que viniera más veces.

Urko insistió.

—Estoy seguro de que sí. La primera notificación la recibió hace dos años.

El alcalde vaciló unos momentos antes de pulsar el timbre, y cuando entró el secretario le pidió que llamara al ujier. «La verdad, siempre tenemos que recurrir al pueblo», dijo sonriendo. El ujier no lo dudó: Flora Pínaga jamás había pisado aquel despacho hasta trece días antes.

—¿Qué día, exactamente? —preguntó Urko.

—El 5.

—¿Por qué está tan seguro?

—La conocía.

—Es usted de Getxo.

—Mi familia vive en el Puerto Viejo desde que se inventó el mar.

Urko tampoco deseó hacerle la siguiente pregunta.

—Dígame qué nombre le había puesto el pueblo.

El ujier abrió la boca, pero sólo para dejar salir el asombro. Urko le presionó con la mirada.

—La Tiesa —pronunció el hombre en tono primitivo.

El alcalde empezó a hablar, pero Urko no escuchaba. Al parecer, el día 5 se habían precipitado los acontecimientos. Al estrechar la mano del alcalde tuvo que prestarle alguna atención. Le oyó decir: «Y olvídese de la guerra, que aquí nadie se acuerda ya de ella». Urko se sintió ridículo. Abandonó el despacho pensando que toda su vida no fue más que una acumulación de falsas apreciaciones. Sospechó que sus novelas policiacas le habían arruinado el sentido de la realidad. Se sumergió en unas calles con un sol reverberante que convertía en luz todos los sonidos. Regina lo esperaba a la puerta de Mallatu como una vendedora a domicilio. Urko llegó ante ella sin haber ordenado las ideas.

—Lo siento —dijo, sacando su reloj de leontina. Eran las doce.

—No te apures —sonrió ella—. Tomaba el sol como las gallinas. ¿Vamos?

Echó a andar por el túnel de cipreses y entonces la mirada de Urko tropezó con el Simca que antes no viese aparcado en la acera. Regina se alejaba con un andar juvenil de colegiala. Bajo su traje sastre ceñido Urko le adivinó un cuerpo semejante a la talla de madera. No le indignó el que hubiera elegido Mallatu para sus exhibiciones de amor, sino aquel desparpajo con que se movía bajo los cipreses. Estuvo tentado de pararla con una voz y echarle en cara su descubrimiento, mas se lo impidió el mismo temor de estar sin facultades para juzgar al mundo. De pronto se sintió de sobra. «No se debe tardar tanto en regresar a los sitios», pensó. Hizo un esfuerzo para ver las cosas como las veían los otros. La tía Flora nunca tuvo una alcoba secreta; si lo llamó a última hora fue porque hasta última hora no pudo creer que se quedaba sin el bloque entero de la casa. El cura, simplemente, hablaba de cosas que no sabía pero que deseaba saber y por ello se mostraba tan entrometido. En España nadie se acordaba de aquella guerra. La propia tía aceptó como algo natural el que Regina tuviera un amante doméstico. Urko sacó la foto con la esperanza de tropezar con un semblante revolucionario, pero vio de nuevo la expresión aniñada de un hombre de campo. Regina lo esperaba dentro del coche con la puerta abierta. Urko se introdujo en una postura difícil y oyó la protesta de los muelles. Llevaba preparada la frase.

—Vengo de ver al alcalde.

Ella lo miró sin sorpresa. Urko analizó meticulosamente el perfil que se ocupaba en arrancar el motor.

—¿Tan poco te importa el destino de Mallatu?

—Ya sabes lo que pienso.

A Urko le subió un calor por el cuello.

—Te lo pregunto otra vez —exclamó.

—No me importa la casa, sino mamá. Por eso estoy contigo en este coche.

—¿No hay nada de esa casa que te importe salvar?

—Habrás notado que a mi hogar ya no le llamo Mallatu sino casa.

Urko advirtió la dureza de metal de sus mejores momentos. Lamentó no tener a mano la escultura. El volante giró tumultuosamente bajo las manos de Regina al hacer la maniobra de vuelta.

—¿Por qué no me cuentas toda la verdad?

La prima sólo le miró después de enderezar el coche.

—¿Qué verdad?

Urko estalló.

—¡No sé qué verdad! Pero en esa alcoba he encontrado una reproducción en madera de tu cara y de tu cuerpo.

Regina se sumió en un silencio de medio kilómetro.

—Repítelo —dijo, al cabo, con un cuello tenso.

Urko se sobrepuso al temor de haber ido demasiado lejos y le describió la escultura. Ella lo escuchó mientras conducía por movimientos reflejos.

—No puede ser —dijo—. Alguien te ha dado cuerda.

—No me crees, ¿verdad?

Él colocó las manos abiertas encima del volante.

—¡La toqué con mis manos! ¡Era una mujer! ¡Eras tú misma! —Comprendió que acababa de abrir una guerra—. ¿Ni siquiera esa talla te importa salvar?

Regina empezó a llorar de modo imperceptible.

—Dios mío, no. Sería demasiado.

Urko observó que durante el último kilómetro no

había movido el volante y al rebasar de milagro a un camión supo que estaba conduciendo en línea recta. Tomó las manos violentando sus articulaciones y detuvo el coche fuera de la carretera. Urko sintió a lo largo de su costado el estremecimiento del cuerpo de Regina.

—Vamos, qué te pasa.

La tomó de la barbilla para obligarla a volver la cabeza y tropezó con unos ojos sin fondo. Tuvo que reforzarse interiormente para seguir creyendo que mentía. Esperó a que hablara pero sólo le oyó unos sollozos histéricos. Como no supo qué hacer, le entregó su pañuelo.

—Habla, di algo —le pidió.

El estertor de aquella garganta sonaba estruendosamente en el interior del coche. De pronto Regina empezó a poner palabras en las pausas de la angustia.

—No sólo estaba allí, sino que me tenía en cuenta.

—No me gusta que me tomen por tonto —gruñó Urko.

El rostro de ella se resquebrajó.

—¿No lo ves? Me has condenado para siempre. Ya no me queda el recurso de dudar.

Sin transición Urko se sintió abrumado por la responsabilidad. Fue a decir algo, pero ella le atajó.

—En realidad, le pertenecí. Yo no daba un paso por la casa sin que él lo supiese. Sus ojos estaban sobre mí a todas horas.

—¿Cuándo posaste para él?

En el mismo instante Urko se arrepintió de la dureza de su pregunta. La cara de Regina se concretó en una máscara inmóvil con el único movimiento de las lágrimas.

—Yo lo sabía. Él estaba allí. Ahora todo tiene más sentido. Ahora puedo volverme loca. ¿Qué me importa ya cuándo me veía desnuda ni cómo lo conseguía?

Urko se sintió ablandado por el clima que reinaba en el coche.

—¿No sabías nada de esa talla?

—No.

—¿Tampoco de ese hombre?

—No.

—Entonces, ¿por qué te eligió para su escultura?

—¡No lo sé!

Urko se enterró en una meditación de varios minutos. Abrió la portezuela y salió, pasando al otro lado.

—Yo conduciré.

Hizo el viaje hasta Bérriz perdido en una confusión creciente. ¿Por qué estaba creyendo de nuevo a su prima? La estatua había sido labrada por un hombre enamorado. Volvió cien veces la cabeza para escrutar en aquella expresión de muerta, pero ni siquiera se atrevió a sentir compasión, por no tener que volver a lo de siempre.

Llegaron después del mediodía, aunque ninguno se acordó de comer. A los diez minutos ya habían roto la calma del pueblo preguntando por el hombre de la foto. Después de los primeros fracasos, Urko dejó la zona urbanizada y empezó a recorrer las viviendas del campo. Regina iba tras él como si la hubiera contratado para hacer bulto. El paisaje estaba dominado por maizales crujientes y Urko pensó en recoger a la vuelta unos colochos de mazorca para su pipa.

La atmósfera era tan transparente que los pájaros no volaban por no caerse al suelo. Abandonaron la carretera y por cintas de huertas llegaron a un caserío en reposo. Urko no se atrevió a dar una voz por no sacar a la gente de su siesta. Miró a Regina, pero su rostro de cera no le envió ninguna solución. En esto un anciano dobló la esquina del caserío llevando una vaca preñada.

—Buenas tardes, dijo Urko.

El anciano ató la vaca a una argolla de la pared y se quedó mirando a los visitantes. Era un hombre de huesos largos, con una vegetación blancuzca salpicándole la barbilla. Gruñó dos palabras indescifrables. Urko le mostró la foto.

—Perdone. ¿Conoció usted a este hombre?

El anciano alargó el cuello y miró, pero no vio nada. Urko le leyó en la frente que pertenecía a un mundo de procesos lentos. Le oyó llamar a alguien del interior y tardó en salir una mujer arrancada de la siesta, que les estudió sin rencor. Urko le entregó la foto y le repitió la pregunta.

—Es mi hija —dijo el anciano como si anunciara un remedio.

La mujer movió la cabeza y pronunció un «Sí» profundo que enlazaba con una época remota. Los remitió a un caserío enclavado al otro lado de unas colinas, con la frase: «Allí les dirán».

Durante el camino Urko trató de despabilar con buenas noticias a la figurilla mecánica que llevaba a su lado.

—Lo han reconocido. En el nuevo sitio nos hablarán de él. El soldado fue el gran amor fantasma de la tía.

No pudo quitarle la expresión de cadáver. Tratando de marchar en línea recta, cruzaron campas, salvaron cierres de ganado y se mojaron los pies en un arroyo de piedras blancas, donde descansaron. Urko robó unos higos y se los ofrendó a Regina en el cuenco de sus dos manos. La vio comer en silencio.

—Creí que a las chicas independientes no les gustaba esta fruta de moros.

Regina se inclinó sobre el agua para limpiarse los labios y los dedos. Al observar sus pies desnudos Urko no pudo evitar pensar en la talla.

Abordaron el caserío por su parte de atrás y tuvieron que rodearlo para alcanzar el portalón. Dos viejos, un hombre y una mujer, pelaban mazorcas de maíz de un gran cesto que tenían en medio. Componían un cuadro tan plácido que Urko tuvo que violentarse para hablar.

—Buenas tardes. Perdonen. Andamos mirando si alguien lo reconoce.

Y sacó la fotografía. El hombre alargó el brazo y la analizó a la distancia de las mazorcas, pero no le dio tiempo a pasársela a su mujer: esta se la arrebató de la mano con un presentimiento inspirado en la petrificación del esposo. Lanzó un gemido tan duro que sacó a la mujer que en otro caso no se hubiera dejado ver de los forasteros. Salió de detrás de la puerta con el único propósito de lanzarse sobre la fotografía. Tenía unos cincuenta años, una mirada acosada y el cuello tenso de las personas que viven para el trabajo. Sin una palabra o un gesto de saludo le arrancó la cartulina a la anciana. Su cara se resquebrajó sólo un instante. Primero pronunció: «Es Justo», para establecer una profunda comunicación con los suyos, y luego repitió «Es Justo», recriminando algo a los visitantes.

Urko tuvo la desagradable sensación de estar profanando un dolor muy antiguo.

—Vivimos en Getxo —habló—. Acabamos de encontrar en casa esta fotografía y una antigua sirvienta dice que es de un muchacho que fue curado por las mujeres de mi familia durante la guerra y luego ayudado a pasar a Francia. Sólo queríamos saber qué fue de él.

—Ustedes saben más que nosotros —dijo la mujer sin una pausa—. Ni siquiera sabíamos que se marchó tan lejos.

Urko observó que los ancianos habían vuelto a sus mazorcas y no hacían más que mirarse. La voz de la mujer sonó como un ataque directo.

—Es el cuarto hijo que les llevó la guerra.

Avanzó dos pasos y murmuró:

—Digan de qué le curaron, porque luego ellos me lo preguntarán a mí. ¿Los ven? Llevan así desde entonces.

Urko deseó tener allí al alcalde.

—De una pequeña herida en un brazo —contestó.

—¿Cuánto tiempo estuvo en su casa?

—Unos quince días.

—¿Cómo se portó? ¿Qué dijo? Ya saben: luego se lo tendré que contar a ellos.

—Por aquellos días ya me habían llevado a Inglaterra. Sólo sé que los míos le tomaron cierto cariño.

La boca de la mujer se conmovió.

—Era mi hermano —dijo.

Urko aprovechó el resquicio.

—¿Nunca les escribió?

—Nunca.

—¿Ni tuvieron noticias de alguna manera?

—Ustedes nos han traído las primeras suyas desde la guerra.

Urko suspiró. La mujer pronunció la palabra con una rudeza inconmovible.

—Gracias.

Los ancianos parecían estar solos en el mundo, pelando mazorcas y mirándose a los ojos en silencio.

—Después de cenar —dijo la mujer— abrirán el cuarto de Justo y se pasarán la noche entre sus recuerdos.

13
Al pie de la escalera

Urko sintió a lo largo de medio regreso un regodeo sordo del que no pudo zafarse. Se vio identificado con aquel mundo del que se había creído desplazado, y al fin no pudo callar su pensamiento a Regina.

—Venimos de la guerra —exclamó.

Ella continuaba en la misma actitud ausente, sin ver al otro lado del parabrisas y con los brazos muertos cruzados sobre el regazo. Pero Urko estaba demasiado feliz para quedar desbordado por aquella angustia.

—Una guerra nunca se acaba —insistió, conduciendo como si viajara por un territorio recién heredado. Miró rápidamente a la muchacha y exclamó—: Justo y Flora, Romeo y Julieta. La guerra puso la ocasión y después la guerra dijo: «¡Basta!», y las cosas volvieron a lo de siempre. En la superficie, sólo en la superficie, pues la pobre tía Flora quedó marcada para el resto de sus días. ¡Sí, prima, tú lo dijiste: eso es amor!

Esperó a rebasar un camión para mirarla de nuevo.

—Vamos, vamos, que cuando tú naciste ya no había guerra. Ni siquiera para ti la había ya en Mallatu. Ni siquiera llegaste a coincidir en la casa con el pobre gudari. Sus quince días correspondieron a junio del 37 y tú naciste...

La apremió con su silencio, más para que pronunciara un sonido que para conocer el dato. Tuvo que continuar y lo hizo con bromas.

—No te alarmes: el secreto de tu edad quedará en la familia. Los primos han de unirse contra el mundo. Corrígeme: naciste a principios del 40...

Regina habló en lo más inesperado de una recta.

—39. Diciembre.

Urko pensó que acababa de derrumbar el último impedimento. El resto de la recta lo vivió en plena felicidad.

—Así que no te hagas la mártir. Has tenido mucha suerte: la guerra sólo te ha dejado un fantasma, al que te empeñas en darle cuerpo. A partir de esta visita todo será diferente.

Regina volvió a tardar en decir algo.

—Ignoraba que los fantasmas esculpieran.

Urko quiso replicar, pero fue desbordado por una furia que despertó de golpe y electrizó la atmósfera del coche.

—¿Quién me hizo la estatua? ¿Quién llegó a familiarizarse tanto con la casa que pudo espiarme desnuda y luego subir a trabajar en su madera y luego bajar cuantas veces quiso a confrontar su obra con mi cuerpo? Y, ¿no te das cuenta? Esto ocurrió al cabo de los años, cuando el tiempo ya me había dado formas de mujer. ¿Quién vivió en ese piso media vida? ¿Qué monstruo esperó con impaciencia inhumana a que la chiquilla creciera lo suficiente para poder convertirla en su modelo? ¿Y qué clase de maldito artista era que necesitó aterrorizarla con su presencia y con sus ruidos, acaso para infundir en la tierna carne que algún día posaría para él el frío terrorífico del mármol?

A Urko se le había ahogado el entusiasmo. Sintió que su reciente espejismo era arrasado por una realidad de la misma naturaleza, pero cruda.

—La talla —recordó sombríamente. Condujo sin ninguna ilusión durante mucho rato, oyendo la respiración que no encontraba reposo—. ¿Por qué ha de significar algo? Sí, ¿por qué he asegurado tan alegremente que eras tú? Creo que lo imaginé presionado por mis emociones en aquel cuarto. Seguramente la tía Flora o algún desaparecido miembro de la familia adquirieron esa estatua en algún comercio de viejo de Bilbao y no supo dónde ponerla, o simplemente se olvidó de ella. He querido dar demasiada trascendencia a un trozo de madera, que carece de fuerza para estropear...

—Ahora eres tú el que no tiene mente científica: destruyes los hechos para salvar tu teoría.

Urko no supo qué decir. Detuvo el Simca ante la verja de Mallatu encorajinado por la intransigencia que sentía a pocos centímetros de su cuerpo. Pisó la acera y se inclinó para meter una orden debajo del techo.

—Baja y entra conmigo. Quiero que la veas.

—Prefiero retirarme a casa de Alejandra, a descansar. Ya te avisaría si vuelvo a decidir tomar el tren.

Urko mantuvo abierta la puerta y mantuvo su presencia en el mismo sitio. Ella salió. Urko abrió la vivienda atravesado por la determinación violenta de lanzarse al piso alto y bajar con la talla para ponerla en manos de Regina y que viera que las cosas siempre son más sencillas de lo que se supone. Pero se detuvo a la mitad de su marcha por el pasillo. Ella, que se había quedado cerrando la puerta, lo alcanzó.

—¿Qué miras en el suelo?

Urko reemprendió su viaje, llegó al fondo del pasillo y subió cinco peldaños de la escalera.

—Se trata del hule —murmuró—. La casa se ha desmantelado estos días y ni en el entarimado ni en los peldaños se aprecian las marcas naturales que dejan los hules.

—Mamá lo quitó hace muchos años.

—¿Muchos años? ¿Por qué? Siempre lo conocí puesto.

Regina miró a su primo con una lejana sonrisa de comprensión.

—Estamos con la estatua. Aunque si en el fondo la temes y quieres pasar a otra cosa...

Urko tuvo un arranque de crueldad: agarró la mano de su prima y pretendió que subiera con él las escaleras. Se avergonzó al comprobar que trataba de arrastrar a una mujer que se había fijado al suelo como una muerta. Huyó hacia lo alto sin mirarla ni una sola vez. Cuando metía la llave en la cerradura le llegó un lastimoso murmullo:

—Que alguien me diga por qué estoy otra vez en esta casa.

Al caminar por el otro pasillo, Urko tuvo la impresión de que acababa de entrar en una atmósfera viva. La confrontó con los recuerdos de su primera visita y quedó triunfante el complejo de Regina. «No debo ponerme a pensar aquí dentro», se dijo. «Hay demasiada carga entre estas paredes.» Le irritó descubrir que ahora avanzaba a pasos disminuidos, aunque en ningún momento accedió a desprenderse de la seguridad de que allí no había vivido nadie en la posguerra. Abrió la otra puerta y encendió la luz tratando de sobreponerse a la cálida sensación de la Presencia. Todo estaba cual lo dejó. Se aproximó a la escultura cruzada sobre la cama y la estuvo mirando largo rato sin tocarla. Estaba boca abajo, como puede pensarse que duermen las mujeres de los trópicos, y en una flaqueza del instante Urko la calificó de hermosa. Pero se frenó cuando estaba a punto de enfrascarse en una detenida comparación de las formas de la talla con las imaginadas de Regina. Confundido por el pudor, encontró fuerzas para tocar el material y darle la vuelta. Trató de contemplar el rostro con imparcialidad, pero cuando empezó a recoger las noticias vacilantes que le enviaba pensó que se estaba engañando a sí mismo. Cerró los ojos y los abrió con un propósito de ruda sinceridad. Volvió a encontrarle a la expresión el aire de su prima. Era la misma boca vulnerable, la misma falsa calma en sus ojos y el mismo delicioso perfil. Durante unos segundos Urko se entregó al deleite de la contemplación y aceptó con resignación el verse resignado. Luego, de pronto, algo se le encabritó en el interior. Escrutó meticulosamente aquella cabeza de coco sin saber lo que le había removido, hasta localizar el moño de madera. «No, no, no es ella», pensó. «Es de las mujeres que uno no se la imagina con moño, ni aun de vieja.» Sólo entonces derrotó a su pudor y examinó los pechos de la talla y viajó con la mirada hasta la punta de los pies. Pensó que todas las hembras serían iguales en madera. No pudo creer que un desnudo como aquel perteneciera a una mujer de la familia, ni siquiera que perteneciera a Mallatu. Sin embargo, ¿qué Pínaga adquirió aquel adorno que luego no se puso para adornar? Sin duda, un Pínaga lo trajo a casa y una Pínaga, escandalizada, lo escondió entre los trastos. Entonces, ¿qué hacía, precisamente, en el santuario de amor de la tía Flora? Urko se acordó de sus novelas policiacas y suspendió sus brujuleos. Envolvió la talla con el trapo y salió para acosar a Regina y que ella misma emitiera el veredicto.

En pleno pasillo, sin saber por qué, se acordó del hule. Abrió la primera puerta, movió el interruptor y la bombillita del techo le mostró el cuarto ahogado por pilas de muebles y objetos domésticos de otro tiempo. Pasó una reojada por encima de las superficies y se trasladó al cuarto siguiente. Buscaba el hule por un instintivo deseo de aliviar la tensión y por un abandono a la nostalgia. Aún recordaba sus dibujos amarillos representando jarrones sobre los que las ruedas de su triciclo dejaban unos canales que se borraban al hacer otros canales. Urko llegó a pensar por primera vez que la tía Flora había puesto aquel hule sólo para salvar del chiquillo las tablas de la casa. La idea le remitió con más fuerza que nunca a aquel tiempo. Lo vio en el segundo cuarto, encima de un baúl, formando un rollo apretado. Urko dejó la estatua en el suelo, contra la pared, sopló el polvo del hule y con las dos manos tiró de un extremo para desenrollarlo y volver a ver los jarrones. Logró desplegar una longitud de un metro y se encontró con un piso que no reconoció. Se apartó para no hacer sombra y entonces localizó los jarrones formando nuevo diseño con extrañas composiciones oscuras de bordes curvos. Enseguida descubrió que eran manchones.

Con la explicación de por qué la tía Flora había dejado el pasillo sin hule, Urko pasó la mano por encima de los jarrones, recogió la estatua y abandonó el cuarto. Sintió necesidad de orinar y entró en el retrete. Realizó la operación sin soltar la talla y recordando que funcionaban la bomba y el desagüe. De modo que tiró de la cadena.

El grito estremeció la casa como si pretendiera adelantarse a la excavadora. Al principio, Urko no supo qué fue, porque formó una sola cosa con el estruendo del retrete. Pero cuando este empezó a esfumarse, quedaron al desnudo los alaridos de terror de Regina. A Urko se le cayó lo que llevaba en el brazo y se precipitó hacia la puerta. Vio a su prima al pie de la escalera, rígida, con ojos desorbitados y las manos en la boca descoyuntada por los gritos que estaban cambiando la casa. Descendió los peldaños con la frase cruzándole la cabeza de un oído al otro: «¡Otra vez, no! ¡Otra vez, no! ¡Otra vez, no!». Cuando la tocó para calmarla no oyó sus nuevas palabras de consuelo, arrasadas por los nuevos gritos: «¡Socorro! ¡Socorro! ¡Mamá, mamá, mamá!». Urko le abofeteó el rostro y la zarandeó de los hombros, gritándole también: «¡Basta! ¡Mírame! ¡Soy yo!». Quedó colgando de sus manos un cuerpecito desquiciado con un estertor lastimoso en la garganta y unos ojos que todavía vivían la pesadilla. Urko no quiso llevársela de allí para sentarla.

—Vamos, ya pasó todo —le dijo—. Si no quieres, no necesitas darme ninguna explicación.

Aguardó pacientemente a que su prima acabara de

recoger, uno a uno, todos sus nervios perdidos, y a que le mirase. Se enfrentó a unos ojos que querían hablar pero que no podían. A pesar de todo, no la retiró del sitio.

—¿Cómo te encuentras?

Ella no movió un solo músculo para hablar.

—Creo que estoy loca.

—Las tensiones tienen que estallar por alguna parte y tú estás viviendo unos días especiales.

Urko se sintió perdido en el suceso. «No sé nada, no entiendo nada. Ella me lo tiene que decir», pensó. Permaneció varios segundos más afirmado conscientemente a aquel lugar del pasillo. Hasta que los otros ojos le comunicaron que ya podían hablar.

—Sólo falta ese cristal roto —dijo.

Urko siguió con la mirada la dirección que señalaba el brazo extendido y llegó a la ventana del pasillo que tenía a su espalda.

—Sólo falta... ¿para qué? —preguntó.

—Para que la escena con aquel hombre haya quedado repetida del mismo modo.

Urko recordó el cristal de aquella ventana que Alejandra encontrara roto al llegar a Mallatu. Algo se le organizó por dentro.

—¿Te refieres a la entrada del ladrón y tu desagradable escena con la tía Flora?

—Sí, fue cuando me acusó de dar albergue a un amante y cuando yo le anuncié que dejaba la casa.

—¿Por dónde huyó el hombre? Bueno, primero: ¿por dónde entró?

—Por esa ventana. Y también salió por ella.

Era una ventana grande de guillotina, con cuatro cristales esmerilados en cada mitad. Urko intentó abrirla con ambas manos y la encontró trabada.

—Creo que, después, mamá hizo venir a un carpintero para que la condenase.

Urko sacó el pañuelo para pensar detrás de él cuando se lo aplicó a la frente.

—No entiendo esa reacción de la tía Flora. ¿Dónde estabas tú?

—Aquí mismo.

—Es decir, el hombre, al abrir desde fuera la ventana, se encontró contigo, y, en vez de huir...

—Se precipitó sobre mí y me tocó con sus horribles manos. —Regina hizo un esfuerzo para seguir—. Me abrazó, me besó, o trató de besarme...

—¿A qué hora sucedió?

—Eran las once de la mañana.

—¿Dónde estaba la tía Flora?

—Acababa de salir a hacer una compra.

—Y regresó enseguida... Bueno, no forzosamente. Al menos, regresó en el preciso momento en que se producía el ataque y su presencia hizo huir al hombre. ¿Viste su cara?

Regina perdió su último color y Urko la sujetó para que no cayera al suelo.

—¿Le viste la cara? —insistió.

—No —musitó ella—. Cerré los ojos para no verle nada. Tampoco me defendí. No sé lo que les pasó a mis brazos. Sólo gritaba.

Urko la miró sin compasión a los ojos.

—¿No lo comprendes? —exclamó Regina—. Creí que, al cabo de tantos años, se me mostraba la Presencia. Y que lo hacía como yo siempre lo esperé.

—Pero el hombre entró por la ventana, procedente de la calle. ¿Cómo se te ocurrió pensar que era...?

Regina cerró los ojos y movió la cabeza arrastrando una expresión penosa.

—¿Es que necesitas que te lo diga todo? —protestó con desfallecimiento.

Urko se quedó en silencio, tratando de sacar conclusiones de los hechos conocidos, sin avanzar un solo paso.

—No entiendo nada —confesó. Durante el minuto que siguió estuvo preguntándose para qué la obligaba a permanecer en aquel punto del pasillo.

—El ruido de la bomba del retrete me ha vuelto loca por segunda vez —dijo ella rompiendo el silencio. Por fin abrió los ojos y miró a Urko—. Supongo que la oíste, ¿verdad? Supongo que existió ese ruido.

—No sólo existió, sino que yo fui quien tiró de la cadena. ¿Quién iba a ser?

Comprendió que la lógica de la pregunta no encajaba en el mundo de Regina, y un momento después a él mismo se le abrió un abismo insondable.

—¿Has querido decir que, en aquella ocasión, también oíste el mismo ruido? ¿De manera que tenemos a la maldita bomba al comienzo de las dos escenas?

Ella había quedado petrificada, recordando. Urko se puso a caminar con pies de plomo por el nuevo territorio.

—¿Cómo sucedió, realmente?

—Lo acabamos de vivir —precisó Regina con una dureza inesperada.

—Oíste el mismo ruido —le ayudó Urko—. ¿Fue antes o después de que se abriera la ventana?

—¿La ventana? —repitió Regina con la expresión confusa.

Urko la dejó reposar.

—¿Dónde estabas tú?

Sintió muy fuerte la sensación de estar viviendo algo que ya había vivido, o de estar reproduciendo lo vivido por otra persona.

—Aquí mismo, ya te lo dije.

La sensación se agudizó.

—Entonces, se abrió la ventana.

Observó que en el rostro de su prima no se había alterado un solo nervio. Probó por otro lado.

—Entonces, se oyó el ruido de la bomba.

Recibió de golpe la mirada de Regina formulándole un reto.

—Sí. Lo oí. Con tanta claridad como hace un momento. Y, ¡Dios mío!, sólo le pude dar un significado.

Urko se encontró sin palabras para replicarle. Luego descubrió que no se resignaba a admitir el nuevo giro.

—Fue la tía Flora —murmuró.

—No estaba en casa —exclamó ella—. Yo misma la acababa de ver salir.

—Te equivocaste. Creíste que salió, pero no fue así.

—Me lo dijo de palabra: «Voy donde Roque a comprar azúcar». Ya estaba con el abrigo puesto y el monedero en la mano. Luego tomó la puerta y dejó la casa.

—¿La viste en el momento de cerrar esa puerta? ¿Dónde estabas tú?

—No sé... Andaba de un cuarto a otro haciendo la limpieza de la mañana. Yo cruzaba el pasillo cuando ella salía.

—Quizá sólo oíste el ruido de la puerta y, cuando se cerró, creíste que la tía ya estaba fuera, pero acaso tuviera que volver a recoger algo, o cambió de idea, o...

Regina endureció aún más su expresión.

—Mis ojos la vieron desaparecer detrás de esa misma puerta.

—¿Por qué estás tan segura de que fue así, al cabo de nueve años?

—Llevaba por primera vez mi abrigo azul que acababa de arreglarse para ella. Las ropas se nos graban a las mujeres de una manera especial.

Urko no abandonó.

—Supongo que el azúcar lo querría tan urgentemente para el desayuno.

—Sí.

—¿Seguía levantándose a las ocho?

—Sí.

—¿Y no desayunaba hasta las once?

—No desayunaba hasta las once.

De pronto Urko se dejó arrastrar por la senda de un recuerdo que lo condujo a una tía Flora pidiendo paz para su café con leche de media mañana al ejército de críos que alborotaba en el pasillo.

—No, no desayunaba hasta las once —repitió—. ¿Cuánto se tarda en volver de la tienda de Roque?

—Nada. Diez minutos —contestó Regina, recuperando uno de sus gestos de adolescente que a Urko tanto le seducían—. ¿Es posible que no lo recuerdes? A los niños también se les manda a las compras.

—Los tiempos de los niños son diferentes —señaló Urko. Necesitó de toda su concentración para ponerse a ordenar todos los elementos—. De manera que tenemos a la tía Flora en la calle y a ti, sola, en casa, cuando se produce un ruido nuevo y terrible... ¿Era, en realidad, nuevo?

—No —contestó ella con presteza—. Lo había oído muchas veces por las noches.

—Sí, pertenecía a la vida nocturna que ella llevaba en el otro piso... ¿No pudo ser el ruido de una ventana al abrirse?

—No.

—Sin embargo, el hombre abrió esta ventana y tuvo que producirse un ruido. Se oye mejor una ventana que se tiene a un paso que una bomba de retrete de otro piso...

—No me crees. Según tú, siempre estoy viendo visiones.

—Te creo, te creo. Creo absolutamente en «tus» miedos, pero no en «tus» ruidos... Escucha: por un lado, tenemos esta ventana; por otro, la bomba de ese retrete. Realidades. La ventana se abre, porque el hombre eligió ese camino para entrar; pero, ¿quién tiró de la cadena arriba? Otras dos realidades. Pienso lo siguiente: confundiste el ruido de la ventana con el de la bomba. Este lo tenías demasiado metido en el cerebro. Gritaste, con el pensamiento puesto en el piso alto, y, cuando el hombre te ataca, llegas a creer que procede de ese piso...

—Llego a creer que ha bajado las escaleras como una exhalación, tal como tú lo has hecho hace un momento.

Urko trató inútilmente de echar a un lado la impresión de estar viviendo una escena ya vivida por otro.

—Luego —prosiguió con esfuerzo—, regresa la tía Flora... ¿Cómo entró?

—Con su llave.

—Sí, claro... Descubre al hombre abrazándote y sólo se le ocurre pensar... No, no comprendo su reacción...

Finalmente, el hombre huye por la ventana. ¿Pronunció alguna palabra la tía Flora?

—Sí, lanzó muchas exclamaciones. Las recuerdo porque me agarré a ellas con desesperación: su aparición me salvaba. «¡Dios mío! ¡Dios mío! ¡Dios mío!», decía.

—¿Nada más concreto? ¿Nada relacionado con la acusación que te haría después?

Regina negó con la cabeza.

—Y el hombre, ¿dijo algo?

Urko la vio soportar sus recuerdos con estoicismo.

—De aquellos labios que besaban mi cara y mi cuello brotaban gruñidos de fiera.

De pronto Urko la vio cambiar. Aquellos hombros se estremecieron bajo sus manos.

—¡Suéltame!

Urko se despegó de ella y retrocedió. Desde dos metros la vio salir del asco de la antigua escena e incorporarse a la realidad del momento. Para no forzarla a pronunciar una excusa, Urko se volvió hacia la ventana. La línea horizontal de cruce de los bastidores quedaba a la altura de su frente, y los canales verticales de deslizamiento aparecían obstruidos por listones tirafondeados. Pasó sus dedos por las maderas pintadas de blanco y por los cristales esmerilados, concluyendo su recorrido en los asideros de un color bronce viejo. Realizó un intento de abrirla, pero lo hizo sin convicción, sólo para pensar en la idea que se le acababa de formar ante los ojos. Apoyó su mano derecha en el cristal superior del bastidor bajo, el que Alejandra encontrara roto a su llegada, y miró hacia arriba para calcular a qué altura quedaría una vez abierta la ventana. Le dio un punto que correspondía con el cristal del mismo emplazamiento en el bastidor superior, a tres palmos sobre su cabeza. Urko se preguntó cómo pudo romperse ese cristal de un manotazo o un codazo durante el forcejeo sostenido en el pasillo. «Quizá el hombre bajara la ventana después de entrar.» Comprendió lo absurdo de esta posibilidad: a ningún invasor de una casa se le ocurriría cerrar a su espalda el camino por donde ha entrado y que habrá de utilizar en la fuga precipitada. «Quizá la ventana carezca de soportes.» Urko se alejó de la mirada de Regina, que le reclamaba una explicación y salió al jardín. Dio la vuelta al edificio y alcanzó el diminuto cuadrilátero que no era realmente un patio. Caminó con cuidado para no pisar los geranios que casi formaban un matorral y se situó ante la ventana. Allí estaban las piecitas para sostener el bastidor al levantarse.

La muchacha lo aguardaba con ojos interrogantes.

—Habíamos entrado a otra cosa —se limitó a decir Urko.

14
El hule

En un momento subió al piso y bajó con la talla de madera. Se la ofreció a Regina con un súbito pudor.

—¿Por qué enrojeces? —le oyó preguntar—. Sólo es una especie de obra de arte.

Urko sintió que había vuelto a perder la iniciativa. Ella se sumergió en un examen minucioso de la escultura. Su aparente serenidad quedaba rota por el imperceptible temblor de sus dedos.

—De modo que para esto se deslizaba por la casa —murmuró.

—No te hagas ilusiones. —Urko introdujo la broma por pura exigencia personal—. Es un objeto de exterior. Quizá proceda de un penal de las Guayanas.

Dedicaba menos atención a sus propias frases que al valor que demostraba su prima enfrentándose a aquella madera. Sus dedos temblorosos la acariciaban con delectación morbosa.

—Soy yo —pronunció—. Una mujer se reconoce

enseguida en la obra de arte hecha por un hombre. Además, tú mismo lo dijiste.

—Ahora sé que me equivoqué. Entonces sabía menos cosas.

Los dedos de Regina realizaban recorridos tajantes por las formas y Urko no sabía dónde mirar. Pronto comprendió que ella se estaba congraciando con la estatua.

—Al menos, no había odio —musitó—. Fui una tonta teniéndole miedo.

—No hables así. No des por supuesto...

—Pero es demasiado tarde —prosiguió ella sin oírle—. Las lesiones viejas nunca tienen remedio. Déjala donde estaba: pertenece a Mallatu. Que sea destruida con la casa.

Urko recogió la estatua de sus manos y se retiró para depositarla en uno de los dos sillones de la sala. Luego vio a Regina alejarse por el pasillo con una solidez de metal. Estaba desconcertado. Todo había salido al revés de como lo imaginara. En el porchecito, ella contempló, premeditadamente, cómo cerraba la casa.

—Esta vez, para siempre —la oyó decir—. No quiero que una nueva impresión destruya esta última, tan delicada e incluso inocente. Me aferraré a ella para espantar mis pesadillas de los próximos años.

Mientras guardaba la llave, Urko la miró con atención, preguntándose si no estaría representando. La siguió hasta el coche y se acomodó a su lado con la recrudecida sensación de haber perdido el control de los acontecimientos. Cruzaron Algorta por la carretera general y luego torcieron a la derecha para entrar por el paseo de la playa de Ereaga a los bajos del Puerto Viejo. La tarde desembocaba en un crepúsculo triste de septiembre. Urko llegó ante la puertita de juguete de Alejandra con los pulmones y el corazón resentidos por la subida por las viejas escaleras de piedra, y tendió la mano a su prima.

—Siempre nos estamos despidiendo como si fuera la última vez —dijo.

—¿Quién habla de despedida? —exclamó ella—. No quiero que un primo se me muera de hambre a mi lado.

Entonces Urko recordó que no habían probado bocado en todo el día y que tenía hambre. Los nudillos de Regina sonaron contra la puerta como si fuera una chiquilla jugando a las casitas, pero la irrupción de Alejandra borró la impresión. Se secaba las manos con un trapo y miró a Urko como preguntándole si volvía para sacarle faltas a su casa.

—Hola, Alejandra —dijo Regina—. Se quedará a cenar. Yo me encargo del trabajo.

—¿Qué les ha pasado para que traigan esas caras? —preguntó la mujer—. Parecen dos muertos. La gente se puede morir si no come.

Los primos se miraron como cogidos en falta. Alejandra se transformó. Se le endurecieron los tendones del cuello y antes de ponerse a dar órdenes de palabra ya las estaba dando con las manos. Los metió en su hogar casi a empujones, los sentó en un comedorcito minúsculo y se enfrascó en la tarea de la cocina. Regina se levantó para ayudarla e incluso Urko oyó que le decía que le dejase a ella el trabajo, pero un instante después la veía realizar el único gesto congruente en muchas horas: regresó a su silla con expresión desolada y se sentó con los músculos rotos. Urko pensó que la lógica volvía al mundo. «Tanto ella como yo, por una u otra causa, estamos demasiado excitados y demasiado tristes. Nos conviene dejar de dar vueltas a las cosas. Siempre todo es más sencillo.» Sin apenas notarlo se ancló en la certidumbre de que el problema estaba resuelto. La tía Flora le había escrito para que salvara su cuarto de amor de la excavadora. Sus únicos esfuerzos, pues, debían encaminarse contra el alcalde. Iría a verle otra vez y le convencería para que alterase los planos municipales. Ya se le ocurriría algún argumento insoslayable. En último extremo, llevaría al alcalde a Mallatu a que viera con sus ojos la habitación, a probar si lo conmovía. «Las cosas siempre son más sencillas de lo que se cree.»

Cuando Alejandra se acercó a sustituir el tapetito de la mesa por un mantel a cuadros, Regina se encontraba tan ajena a la operación que recibió varios empujones de la interina. «Su problema es distinto», pensó Urko. «Antes de marchar me encargaré de dejarla en manos del psiquiatra.»

Alejandra les sirvió sopa de pescado y muble al horno con limón, y en las pausas de los viajes se sentaba ante ellos a fiscalizar cómo saboreaban su cocina. Tuvo que despertar a Regina con una orden de cuartel para que empuñara los cubiertos.

—No se ponga triste, señorita —le dijo después—. La vida es como es, y si su madre la está viendo se pondrá muy contenta si come.

Para corresponder a la molestia, Urko había pensado exponer que la cena era exquisita, pero al término de su muble la frase no fue convencional, sino que le salió del alma. El sabor del pescado le trajo las viejas imágenes de un niño pescando a caña en las peñas de Arrigunaga.

—Los peces ya no son como antes —gruñó Alejandra—. Ahora todos saben a petróleo.

Urko recordó los gigantescos barcos que viera el domingo limpiando sus tanques frente a la playa y le invadió de nuevo la conciencia de desastre. Rebañó hasta la última espina con una melancolía tierna, y luego no se atrevió a pedir té a la interina por no ponerla en un aprieto. Sólo las órdenes recias de la mujer consiguieron que Regina terminara su muble. Después les llevó un plato de higos y café con leche y les obligó igualmente a consumirlos. Urko quedó con la maravillosa sensación de estar protegido por una de esas matriarcas que también se están acabando.

Cuando retiró la mesa, se sentó con ellos y habló de la señorita Flora, en una especie de prolongación de la vela. Urko se lo agradeció profundamente y la escuchó con emoción. Alejandra no se recató en decir que había vivido demasiado tiempo demasiado sola, mientras dirigía ásperas miradas a Regina. Urko se creyó obligado a intervenir.

—Mi prima tenía sus motivos para no estar en la casa. —Y añadió con una dureza que enseguida le sonó improcedente—: No se debe hablar de lo que no se sabe.

La interina cerró la boca, pero Urko se equivocó al creer que se batía en retirada.

—Me lo contó todo —expuso como un reto—. Le dolía la marcha de su hija y no pudo callar.

Urko quedó asombrado y Regina se removió en su asiento y dirigió a la mujer una mirada concreta, como anunciando que al fin entraba en escena. El éxito de su frase animó a Alejandra a continuar.

—Al mes de entrar yo en Mallatu la señorita Flora suspendió mi limpieza y me dijo, sin más: «Era inocente. La pobre era inocente y ahora la he perdido». A mí no me gustan los chismes de familia y quise volver a mi trabajo, pero ella me cortó la retirada. «La encontré defendiéndose de un hombre y fui tan cruel que la acusé de entenderse con él a mis espaldas», me dijo llorando. Ella lo hacía por encima de todo, y como mis orejas estaban allí... Bueno, creo que puse cara de asombro. Aquello del hombre era muy raro. Y entonces ella me dijo: «Entró por una ventana y sorprendió a Regina allí mismo», y entonces recordé el cristal que yo había tenido que poner al llegar a la casa, un mes antes, y supe dónde había ocurrido la cosa...

Urko la interrumpió maquinalmente.

—¿Cómo encontró la ventana: cerrada o abierta?

—Cerrada —contestó firmemente la mujer.

—Y el cristal roto era uno de los de la parte de abajo...

—Sí, ya se lo dije.

—¿Probó a abrirla en alguna ocasión posterior?

—¿La ventana? Sí, cuando traje el cristal y quise sacar el bastidor de su sitio para ponerlo sobre la mesa y clavetear mejor, darle masilla y todo eso.

—¿Por qué la tía no llamó al cristalero?

—Es que una entiende de todo —dijo Alejandra con naturalidad.

—Y no pudo —señaló Urko.

—¿Eh?

—No pudo levantarla.

La interina lo miró con los ojos muy abiertos.

—¿Por qué le preocupa tanto esa ventana?

—No es la ventana —murmuró Urko—. Es la tía, es Mallatu. En un tiempo, todo lo de allí fue parte de mi vida.

—No, no pude. Así que salí al jardín con los trastos y trabajé desde fuera.

—Sin embargo, unas horas antes se había podido abrir, puesto que entró el hombre.

A Urko le asaltó de pronto la vieja visión de aquel hueco por el que nunca pudo saltar al jardín.

—Es fácil condenar con cuatro clavos una ventana —dijo Alejandra—. La señorita Flora lo haría inmediatamente después de marcharse el ladrón.

—¿Y las demás ventanas?

Urko ignoraba por qué insistía en el tema.

—Usted sabe que todas quedan mucho más altas y tienen contraventanas. Además, el ladrón había entrado por la otra —concluyó ella con simplicidad.

Entonces oyeron la voz de Regina.

—Sí, ya sé que vivió atormentada por lo que me había dicho. Pero yo no podía volver.

No había salido del todo de su postración, pero miraba a la interina como esperando de ella la salvación para su conciencia. Alejandra no desaprovechó la ocasión.

—Debemos vivir perdonando a la gente, sobre todo a la familia. Y usted condenó a su propia madre como si fuera Dios. —Su boca se dulcificó un poco para añadir—: Ahora sé que hubo una razón para dar el primer paso. Pero usted debió volver. ¿No la veía los veranos? ¿No veía su cara de sufrimiento y sus ojos con lágrimas? Sufrió mucho, la mujer. Usted fue demasiado dura con ella, señorita.

—Mi prima tenía sus razones —explicó Urko por segunda vez—. Yo las sé y las comprendo. Y usted también las comprendería.

Los ojos de Alejandra se abrieron mucho, como si esperara oír con ellos las siguientes palabras reveladoras, y Urko supo que desde hacía años vivía pendiente de aquel chisme, como todo el pueblo, sin duda. Recorrió con su mirada el comedorcito y la parte de la cocina que veía desde su asiento, imaginándose las charlas de Alejandra con las vecinas mientras repasaban o jugaban a las cartas tomando café con leche. Le bajó por la espalda una oleada caliente y sintió que recuperaba parte de su mundo perdido.

Regina se levantó, rodeó la mesa y apoyó su mano en la silla de Alejandra.

—Yo la quería mucho.

La mujer tardó en contestar.

—No lo dudo.

—Le agradezco de verdad la compañía que le hizo estos años.

—Me pagaba un sueldo.

—No, hubo algo más.

Regina se inclinó y depositó un beso en su mejilla.

—Gracias —susurró.

La interina sujetó sus músculos, pero el agua acudió a sus ojos. Urko tardó en acostumbrarse a la novedad.

—Sí, todos sabemos que tenía sus cosas —dijo Alejandra—, pero, ¡estaba tan sola!

Urko se despreció por utilizar el instante en su beneficio.

—¿Nunca entró usted en el piso de arriba?

Alejandra lo miró a través de sus lágrimas con esa hondura que sólo aflora en las crisis.

—Ni lo intenté. Era algo demasiado suyo.

Urko siguió sin poder resistirse a la tentación.

—¿Sabe algo más sobre esa puerta cerrada?

—Sí, una cosa: que el único consuelo que recibía la señorita Flora estaba allí. Más de una vez la vi bajar con una sonrisa de niña en los labios.

Alejandra se levantó y Regina la tomó de un brazo. Urko también se levantó y las siguió hasta la puerta. Los tres se miraron sin saber qué decirse.

—Me hacen una visita cuando necesiten hablar de ella —les ofreció Alejandra.

A Urko le salió la frase casi sin querer:

—Encontré arriba el hule que siempre estuvo en el pasillo. ¿Recuerda usted cuándo lo subieron y por qué?

La interina regresó de golpe a su mundo de superficies por limpiar.

—¿Qué hule? —preguntó.

—El del pasillo de Mallatu. El que subía hasta la puerta del segundo piso.

—Nunca hubo ningún hule —dijo la mujer.

Urko la miró, convenciéndose de que estaba muy segura de su respuesta. Luego miró a su prima esperando una rectificación, pero se encontró fuera de la casita sin haber solucionado aquel punto. Incluso llegó a pensar que las mujeres lo habían empujado. Volvió a mirar a Regina.

—Supongo que conocerías la existencia de ese hule a que me refiero.

Allí, en el exterior, Alejandra recuperó su verdadera personalidad.

—Oiga, ustedes los ingleses son muy quisquillosos —exclamó.

—Es algo que le falta a la casa que yo conocí —balbuceó Urko—. Me duele cada cosa que se me ha perdido.

De nuevo se despreció por explotar bastardamente un sentimiento entrañable. Regina acudió en su ayuda.

—Sí, siempre hubo un hule en ese pasillo —murmuró.

—Yo lo sabría —exclamó Alejandra con pasión.

—Lo hubo hasta el verano de mi primer regreso —añadió Regina—. Entonces, ya no lo vi.

—¿No pediste ninguna explicación a la tía? —preguntó Urko.

—No le di importancia.

—Claro.

La despedida fue simple y las mujeres se encerraron en la vivienda. Urko tomó por las callejas ascendentes del Puerto Viejo, preguntándose por qué seguía pensando en el viejo hule. Desde la puerta de una taberna un hombre con los ojos turbios le siguió la marcha hasta que lo perdió tras una esquina. «El mundo me mira como a un bicho raro y yo me siento así», pensó Urko. «No tengo derecho a remover el pasado. Las voluntades de los muertos son sagradas. Toda mi atención debe concentrarse en salvar Mallatu de la excavadora, cumpliendo el gran deseo de la tía, que para eso vine, y no perder el tiempo con un hule que la propia tía enrolló y archivó.»

Al abrir la puerta de la mansión llevaba el propósito de procurarse un sueño profundo para emprender al día siguiente con nuevas fuerzas la defensa del deseo de la tía, pero al pisar el pasillo se sorprendió pensando como cualquier detective de sus novelas policiacas cuando el sentido común le dice que abandone una pista demasiado ridícula que luego resulta ser la clave. «Esto es diferente», se dijo Urko cerrando la puerta con suavidad y encendiendo la luz del pasillo. «Aquí no hay nada por descubrir y no debo pensar más en ese hule.» Se enfureció por el descuido: un momento antes se había jurado no pronunciar en su pensamiento la palabra. «Estoy experimentando en mí mismo lo que he escrito mil veces: el personaje cae una y otra vez en ingenuidades que lo van arrastrando por donde quiere el autor.» Siempre le había indignado la pobreza del procedimiento al que no podía dejar de recurrir, pero ahora le extrajo un elemento consolador. «El hule me resultaría del todo indiferente si no fuera por mi maldito hábito profesional.» Realizó una inspiración profunda y trató de concentrarse en el alcalde y la excavadora, sin poder levantar la mirada del desnudo entarimado. Entonces descubrió las fuertes raspaduras en diversas zonas de las tablas.

Primero se inclinó para tocar el suelo con la mano, y recibió la tremenda protesta de sus articulaciones. Luego se soltó la chaqueta y se arrodilló trabajosamente con la colaboración de las paredes. Presionó con la mano abierta el suelo encerado y en los puntos donde aparecían las imperfecciones palpó unas asperezas cristalizadas por la cera, que incluso formaban rebajamientos. También observó que en los senos la madera mostraba una palidez ostensible. Se puso en pie sin la intervención de su voluntad y subió al otro piso. Cuando regresó con el tubo de hule estaba pendiente de no pensar en nada. De espaldas a la puerta principal, lo depositó en el suelo y lo empujó con un pie, después de pisar con el otro los primeros centímetros, pero estaba tan adherido que sólo se desenrolló el mismo metro que horas antes. Tuvo que arrodillarse de nuevo y emplear las manos, obteniendo ahora dos metros, que hubo de defender del retorno al enrollamiento instalándose encima. Lo centró en su sitio y empezó a confrontar las zonas raspadas del suelo con las manchas del hule, todavía sin pensar en nada. Como no encontrase la menor armonía, retiró su cuerpo, hizo girar el hule, pero al advertir que la puerta impedía el desenrollamiento, cargó con el cilindro, subió las escaleras hasta la puerta del segundo piso, fijó al suelo con el pie el borde del hule, y precipitó a este por los peldaños. En ese momento Urko comprendió que la amenaza de enrollamiento le retenía en la cumbre y lamentó no haber sacado antes un sillón de aquel piso para hacer de pisapapeles. Tardó más de un minuto en encontrar la solución: enrolló dos metros de su extremo en opuesto sentido y encajó el canuto en el tercer peldaño empezando por arriba.

Descendió por una esquina de la escalera, sin pisar el hule, sacó del salón uno de los sillones y lo depositó ante la puerta principal. Luego regresó a la base de la escalera, hasta donde había llegado el hule, y, colocándose sobre él, lo fue desplegando con el pie hasta la puerta. Sobró un buen trozo, el correspondiente a las partes que no se habían ceñido a los peldaños. Aplastó con el sillón aquel extremo.

Urko giró para contemplar su obra. Se agachó para buscar la prolongación de los rebajamientos del suelo en las manchas del hule. Avanzó a gatas hasta el pie de la escalera, verificando cuidadosamente las comprobaciones, y cada uno de los cinco grandes manchones tenía su correspondencia en las tablas. Urko se sentó en el suelo y aguardó a que se aplacase su respiración. Luego arrancó con la uña un trocito de la costra de un manchón y la examinó escrupulosamente, oliéndola y probándola con la punta de la lengua. De un golpe se le ultimaron los presentimientos de aniquilación. Era sangre.

15
Sangre de otro tiempo

Durante mucho tiempo Urko permaneció desplomado en el sillón de la puerta, lanzando miradas a lo largo del pasillo y sin atreverse a pensar. Evitaba cualquier movimiento, hasta los cambios de postura, para no precipitar la riada de las preguntas. Descubrió lo difícil que era vivir en el vacío.

Al estallar el estrépito a su espalda creyó que era la señal para empezar a sufrir. Estaba enderezándose con miedo cuando la campanilla de la entrada sonó por segunda vez. Se puso en pie con un oculto deseo de que llegara Regina para ayudarle. Corrió el sillón unos centímetros, abrió un palmo la puerta y tropezó con la ingente masa de don Pedro.

—Buenas noches. Es algo tarde, pero necesitaba conocer el resultado.

Urko sintió que el cura presionaba la puerta con alguna parte de su cuerpo y se sorprendió contrarrestando el ataque. A lo largo de medio minuto forcejearon como dos enemigos, don Pedro disimulando su actitud con palabras.

—Alguien te vio venir hacia la casa y me lo dijo, y como sé que no me podría dormir sin saberlo, pues me he saltado la hora y aquí estoy para que me diga el sobrino qué ha hecho por su tía.

Urko advirtió que el empuje del cura no declinaba.

—¿Qué quiere saber? —exclamó, resuelto a cerrarle el paso por la tremenda.

—Sé que has estado a ver al alcalde.

Urko recordó el tema pendiente y dejó de combatir. Sólo la fuerza del cura acabó de abrir la puerta y de arrastrar el sillón. Cruzó el umbral y sus ojos escrutaron afanosamente el interior, como si acabara de pisar un mundo lleno de fascinaciones.

Urko vivió pendiente del problema del hule, pero el cura había podido pasar sin correr demasiado el sillón y sin provocar un enrollamiento. Luego devolvió la puerta y el sillón a sus posiciones. Al volverse don Pedro lo encontró esperando su respuesta.

—Usted se entera de todo.

—Pero no en el confesonario —aclaró el cura—. Es que el pueblo todavía es pequeño.

Lo apremió con la mirada.

—Los planes del Ayuntamiento son como los planes de Dios —dijo Urko.

—¿No te dio ninguna esperanza? —gimió el cura.

—Ninguna.

Urko vio que don Pedro se desmoronaba ante sus ojos con absoluta autenticidad.

—No puede ser —susurró en el mismo tono gimiente. Levantó los ojos para mirar con una furia recién nacida—. ¿Has hecho todo lo que te correspondía? ¿Has puesto la debida pasión?

Urko le aguantó la mirada. El cura volvió a derrumbarse.

—Sí, lo has hecho. Estoy seguro de que lo has hecho. Sin embargo, permíteme que te diga que el problema es más grave de lo que sospechas.

—Gracias —murmuró.

—¿Por qué?

—Por el interés por mi tía.

—Me estoy interesando desde el principio y entonces te molestaba.

—Es que ahora sé más. He visto lo que ella conservaba en el segundo piso.

La expresión del cura lo desconcertó. Creía haber llegado a un conocimiento común, pero aquellos ojos trataban de arrancarle algo con una curiosidad casi morbosa. «No se trata de la habitación del hombre de la guerra. Ni la ha visto ni la tía le habló de ella.» Durante un tiempo estuvo esperando la pregunta directa, que la expresión del cura anunciaba como inminente, hasta que de pronto lo vio replegarse a sus posiciones primeras.

—Si pudiera excomulgar a ese hombre, lo haría —silbó don Pedro.

Urko se sobresaltó.

—¿Qué hombre?

—¿Quién va a ser? El alcalde. Nuestro querido munícipe... ¿No te dio ninguna esperanza? ¿Ni siquiera le sacaste una demora? ¡Dios mío! Estamos a martes: sólo faltan poco más de veinticuatro horas para el desastre.

Urko fue consciente del paso que daba.

—Yo he fracasado con la razón que le llevé. Visítele usted y esgrima la suya. No me importa que no me la diga a mí, pero dígasela a él.

El cura petrificó su expresión.

—Porque usted tiene algo que decirle, ¿verdad? —añadió Urko—. ¿O ya se lo ha dicho?

Don Pedro arrastró penosamente la negación.

—No...

—¿Por qué?

A don Pedro se le abrieron en la cara unos surcos de estrago.

—No puedo hacerlo —declaró profundamente—. Es imposible.

Apretó los dientes con una especie de desesperación y a Urko se le antojó que era una forma de seguridad para no contar aquello que no podía o no quería. Lo vio perdido en un naufragio silencioso.

—De manera que yo tenía razón —dijo Urko—. Usted sabe algo que desconocemos nosotros, la familia.

—Nunca te hagas cura —musitó don Pedro dramáticamente.

—Al menos, lleve al alcalde su secreto. Si se trata de algo capaz de salvar... Escúcheme: tiene mi permiso para revelar...

—Imposible.

Urko agarró al cura por los hombros.

—¡Pero usted y yo queremos salvar Mallatu!

—¡Sí, por encima de todo! —Los ojos de don Pedro se vaciaron de golpe de violencia—. De casi todo...

Urko lo dejó vivir dos minutos de sosiego después de retirar las manos de sus hombros. Tardó en desaparecerle de los dedos el recuerdo de una carne en exceso potente y reprimida.

—¿Cómo puede despreciar un argumento? —le recriminó.

Don Pedro entró en otro mundo y fijó su mirada en el sillón y luego la extendió, centímetro a centímetro, a todo lo largo del hule, y finalmente sus pasos secundaron aquel avance. Urko lo vio pasar por encima de las manchas, observándolas desde lo alto, sin detenerse ni doblar la cintura para intentar una aproximación. En el arranque de la escalera levantó el rostro hacia la puerta de arriba. Después giró lentamente y regresó repitiendo la inspección meticulosa. Urko sintió la angustia de su mirada y oyó su voz rota:

—Es imposible.

Lo vio retirar el sillón con el mismo cuidado que si en el piso hubiera huevos, abrir la puerta, salir apretadamente por la abertura y meter desde fuera la cabeza.

—Que Dios te ilumine —pronunció.

Para cuando Urko reaccionó, ya había introducido la mano para que el sillón siguiera el desplazamiento de la puerta al cerrarla. Con la última rendija Urko vio desaparecer un ojo que le miraba patéticamente. Tuvo que sentarse en aquel sillón para contrarrestar los golpes de sangre de su mente. «¿Qué está pasando aquí?» Durante muchos minutos no le importó reconocer que estaba demorando el enfrentarse a la dura realidad que le esperaba a sus pies, y cuando la sangre se calmó y le permitió pensar, buscó un refugio y se precipitó al recuerdo del cura. «Está en el secreto de lo que ha sucedido entre estas paredes. Todo el mundo parece estar más cerca de ese secreto que yo.» Comprendió que la idea procedía de la desesperación. «Nadie me dirá nada. Adivino a mi alrededor un empeño por mantener intacto este mundo de Mallatu. ¿Por qué no? En veinticuatro horas habrá desaparecido para siempre. ¿Con qué derecho pido un lugar en él, al cabo de treinta y seis años? Retírate de la escena. Eres un elemento disonante. Aquí todo está hecho y a mí sólo me queda pensar que la excavadora ya ha acabado también su obra.» Cerró los ojos para percibir las pulsaciones de sus venas marcándole el paso del tiempo. «Sólo veinticuatro horas. Al menos, esto sí sé: que transcurrirán. Luego, regresaré a mi tiempo en Londres, que nunca debí interrumpir, y Mallatu también volverá a su mejor sitio: el recuerdo.» Combatió arduamente por no abrir los ojos, mientras creyó que lo hacía por un exceso de pudor, hasta que de pronto descubrió que era miedo. Al abrirlos, su mirada ya estaba clavada con determinación en el hule, consciente de que iniciaba una nueva época. Se puso en pie con el organismo tenso. Jamás en su vida fue tan lúcido como cuando inició el nuevo examen sin poder arrancarse la semejanza con sus detectives de ficción. Lo estremeció la identidad de las acciones, y aquella vez no pudo separar sus novelas de la realidad, porque allí estaba la maldita sangre de los primeros capítulos de cada misterio. Se extendía de la puerta al pie de la escalera. De este punto a la salida al jardín no había hule, pero Urko vio en la tarima las mismas zonas raspadas. Recordó la concienzuda limpieza a que, según Alejandra, la tía había sometido a la casa en vísperas de aquel 2 de octubre de 1964, fecha en que ella se presentó a trabajar en Mallatu. Tres días antes había ocurrido el episodio del hombre de la ventana, la cólera de la tía y la huida de Regina. «Tres días», medió Urko. «¿Qué sucedió en esos tres días? ¿A quién perteneció toda la sangre regada por el pasillo?» Zambullido en la investigación, no vaciló en pensar en la palabra *crimen*.

No podía creer que estuviera viviendo aquel misterio en la propia casa de su infancia, mas la cruda realidad no le permitía ninguna evasión. ¿Quién murió? ¿Quién mató? Acaso aquel ladrón fuera atacado por la tía Flora con algún instrumento —¿por qué no un cuchillo?—, con tan mala suerte que lo mató. Acaso aquel hombre no fuera un ladrón, sino el amante que Regina guardaba en casa y al que la tía eliminó al descubrir el asunto... Urko conocía bien aquel laberinto de conjeturas y se negó a continuar. Abrió la puerta del jardín para recibir el fresco aire de la noche y se encontró con una niebla que sofocaba todos los objetos. La sirena de un buque perforando la atmósfera le devolvió la imagen del cuchillo y no pudo zafarse a su fascinación. Pensó, mirando a la noche: ¿Quién había matado a quién? Cualquiera de las personas muertas que allí vivieron pudo ser la víctima, y en cualquiera de las muertas o las vivas podía estar el asesino. Abrumado por aquella terminología policiaca, Urko la quiso cortar con una pregunta simple: «¿Se dan las condiciones mínimas para hablar de asesinato?». Demoró cuanto pudo la respuesta. En pleno forcejeo interior cerró la puerta de golpe y se encaró otra vez con el pasillo, a costa de sentir que se le astillaban los huesos. «¡Sí, sí, sí!», exclamó. «Hay demasiados hechos excesivos, demasiada carga.» Temiendo que la confesión lo aniquilara, antes de concluirla había empezado a regresar al sillón, para desplomarse en él, pero a medio camino le asaltó una calma profunda. «Es una catástrofe perfectamente natural. Es lo que esperé encontrar a mi regreso. Las guerras nunca se acaban.» Se preguntó por qué mencionaba la guerra y la respuesta se deslizó por una rampa de seda: «La guerra se metió en Mallatu y la guerra lo destruyó». Fue como minimizar la sangre del hule incorporándola a una tragedia mayor, y Urko se abalanzó por el resquicio y al retroceder treinta y seis años y llegar a la conflagración buscó afanosamente alguna razón de violencia, y enseguida buscó tan sólo la violencia. Se acordó del hombre de la foto. «Entró herido en esta casa. Quizá el pasillo fue regado con su sangre y la desesperada limpieza de la tía Flora debe trasladarse del año 64 al 37, en el que sería ayudada por mamá.» Un instante después rechazaba aquella explicación. «Regina conoció el hule en su sitio hasta el año 64 y la herida del gudari sólo era en el brazo y lo que tengo aquí delante es un desangramiento total.» Luego pensó en su padre. «Quizá no muriera en la cárcel. Quizá la familia necesitara implantar esa versión para ocultar la verdad, es decir, que no siguió con las tropas que se retiraban sino que quedó en casa, posiblemente herido, gravemente herido, a juzgar por tanta sangre, y acabó muriendo aquí. Luego mamá y la tía silenciaron el hecho. ¿Por qué? Es posible que papá permaneciera en casa meses e incluso años, escondido, hasta su muerte. ¿Por qué no pensar que eran sus pasos y sus ruidos los que aterrorizaron a Regina? Viviría en el segundo piso, durmiendo en la alcoba-santuario de la tía, pues su amor por el hombre de la foto y su locura posterior existirían al margen del otro problema. En papá oculto en Mallatu quizá esté la razón de que no hicieran regresar de Inglaterra al pobre chiquillo que podría desbaratar con una indiscreción todo el artilugio montado.» Urko volvió a tropezar con el hule y pensó en la posibilidad de que Regina se hubiera equivocado al declarar que permaneció en el pasillo hasta el año 64, hasta se dijo que bien pudieron haber dos hules con idénticos dibujos: uno, retirado el año 37 empapado en sangre, y otro, colocado después en su lugar. «Pero ¿por qué se quitó este segundo y dónde está? El que tengo aquí sería el primero, sobre el que cayó la sangre.» Finalmente a Urko se le destacó una persona que murió en aquel tiempo: su madre. «¿Qué tiene ella que ver con esta sangre?» Por muchos esfuerzos que hizo no logró vincular su muerte a la guerra. Su reciente calma empezó a resentirse y poco después ya estaba combatiendo a manotazos contra un fango rojo que le quería engullir, mientras se preguntaba: «¿De qué murió mamá? ¿Me lo dijeron entonces y lo he olvidado? ¿Por qué no lo pregunté después?». Fue cuando se dio cuenta de que nunca había sabido nada de la familia, de que acababa de romper todas las barreras del pudor y de los afectos, de los respetos y de las devociones, porque ya estaba formulándose unas preguntas que lo profanaban todo: «¿Por qué ahora me resisto a creer que las guerras no se acaban nunca? ¿Qué clase de mundo secreto organizaron en esta casa mamá y la tía Flora? ¿Qué duelo se ventiló entre ellas? ¿A quién ayudaron o a quién mataron?».

Tardó un tiempo excesivo en serenarse, y cuando la propia placidez de sus músculos lo despertó, se encontró sentado en el sillón y pensando que no podría dormir ni aquella ni ninguna otra noche de su vida mientras no descubriera el misterio.

16
En busca de una víctima

A las once de la noche Urko cerraba por fuera la puerta de Mallatu sin experimentar ningún salto hacia atrás en el tiempo. El ruido de la llave, el aliento de la casa y sus propios pasos en la piedra del porchecito no le remitían ya lejos de aquellos acontecimientos inmediatos. No pudo quitarse la sensación de que se estaba prostituyendo con el entorno.

Se detuvo a los pocos pasos, aplastado por la oscuridad, sin saber por dónde empezar para meter un hombre en la posguerra de Mallatu y así explicar aquella sangre. No tuvo que apelar a un valor especial para pensar en ello detenidamente, y con ello tuvo otra prueba de estar chapaleando en la nueva fase. Se sintió muy fuerte, pero también muy solo, y la noche agudizó la impresión. Cuando se puso a pensar en el novio marino de la tía Flora y descubrió que no sabía ni su nombre ni la dirección de un familiar, se aferró a la idea de que era aquella ignorancia la culpable de su sensación de soledad.

Entonces oyó el ruido que no pertenecía a la noche. Pareció la soñolienta exhalación de uno de esos objetos que parecen cobrar vida cuando lo demás duerme. No se trataba de una variación del murmullo de la mar ni un espesamiento del canto de las chicharras. Urko avanzó seis pasos y se detuvo a escuchar. La última bombilla de poste había quedado muy atrás y apenas se veían las cosas. El ruido proseguía a un ritmo arduo, y sólo al descubrir a don Pedro comprendió que se trataba de una respiración. Lo vio contra el muro de piedra que cerraba la finca de Mallatu, con la sotana fundida con una sombra densa y creyendo que aún no le habían visto. Urko ni siquiera se preguntó qué hacía allí.

—Años atrás, mi tía Flora tuvo un novio que se fue a América —pronunció rasgando la escena.

El cura emergió penosamente de su región. Con sus músculos aflojados, su respiración dejó de meter ruido. Urko recibió una mirada oblicua.

—Repite lo que has dicho —le oyó.

—Ella tuvo un novio que se fue a América. Se lo pregunto a usted, que lo sabe todo.

El cura lanzó un suspiro profundo.

—Gracias a Dios —exclamó.

—¿Por qué da gracias a...? —Urko se indignó consigo mismo por seguir bailando la música que le ponían los demás. Estalló sordamente—: ¿Quién era? ¿Cómo se llamaba?

—Florencio —exclamó el cura sin vacilar—. Florencio Imendia. Era un hombre con una fuerza extraordinaria en las manos, pero con una mirada tan blanda que se le caía de los ojos y un gran amor por los pajaritos. Lo conocí dos años antes de la guerra, siendo yo coadjutor de San Baskardo con el padre Eulogio del Pesebre, y cuando ellos paseaban como novios por la avenida de Larragoiti. Lo dejaron enseguida. Él se marchó a las Américas, escribió a tu tía un par de cartas y después se acabó. Ella sufrió algo, no demasiado, y vino a mí a sostener alguna charla sobre su tristeza y su abandono. Creo que la ayudé a soportarlos mejor.

A Urko le molestó aquella vinculación del cura con su familia y lo fresco que conservaba el episodio en su memoria al cabo de cuarenta años.

—Más tarde regresó y murió —concluyó don Pedro.

Se miraron a los ojos durante unos segundos. Urko se asombró de que no le preguntara para qué quería saber de aquel hombre.

—¿Le quedan hermanos o sobrinos?

—Sí.

Tampoco recibió ninguna pregunta. Don Pedro vivía con la respiración rotundamente normalizada y Urko lo sintió demasiado feliz.

—¿Dónde viven?

El cura se lo dijo, y también que a aquella hora los sorprendería viendo la televisión, y se apartó para que pasara.

—Acabará pronto y vendrá otra vez aquí —oyó Urko a su espalda.

Se detuvo y giró pesadamente su cintura. Aquella expresión feliz se había roto por el recuerdo del paso del tiempo.

—Sólo faltan treinta horas —arrastró don Pedro, como si hablara del fin del mundo.

Urko siguió su camino sin querer pensar más que en el hule. Aquellos Imendia vivían en el barrio de Alango, a un kilómetro de distancia, en una zona con casas nuevas de pisos y alguna solitaria reliquia del pasado. Urko llamó a la puerta de una de las casas viejas. Tardaron en abrirle, y cuando lo hicieron le llegaron las voces de un concurso para ganar un millón. Vio en el umbral a una mujer oscura, de sesenta años, que seguía pendiente de la respuesta del concursante de la pantalla.

—Buenas noches. ¿Los señores de Imendia?

—Mi marido es Barrondo, pero yo soy Imendia.

—Deseo hablar de su hermano Florencio.

Urko se sintió analizado por una mirada que ya no pensaba en el concurso.

—Soy Urko Pínaga, de los Pínaga de Mallatu, y sólo quiero una respuesta suya.

—Sobre mi hermano.

—Sobre su hermano.

—No sé qué reclamación puede ser. En los últimos once años no ha podido hacer nada malo porque ha estado muerto.

Urko adivinó que aún no había reaccionado ante aquella visita intempestiva hablándole del hermano olvidado. Se oyó un arrastrar de zapatillas y apareció un hombre en mangas de camisa.

—Este señor pregunta por Florencio —le dijo la mujer.

El hombre tardó en hacer memoria.

—Ah, Gavilán. Es difícil que lo encuentre.

Puso una expresión chispeante y la mujer le gruñó:

—Sí, ya le he dicho que está muerto.

—¿Muerto? Los tipos como Gavilán nunca se mueren. Solía decir que no creía en la muerte. Además, siempre regresaba de todos los sitios. Se iba y volvía, se iba y volvía. La gente cree que se pasó treinta años en América, cuando la verdad es que sólo estuvo cinco. Un día se nos aparece en esta puerta y nos dice: «Me voy a Australia». Vivió tres días escondido en casa y se marchó. Le vemos siete años después. «Ahora me voy con los negros», nos dice. Descansa unos días entre nosotros, también escondido, pues no quería que le asaltara la gente a la que le debía dinero, y luego se marcha. A los cuatro años otra vez de vuelta y se nos va a otro sitio, y luego a otro. Hasta que un día nos dice: «Me voy al Polo». Se había enrolado con unos sabios americanos. Regresó con una mano seca y ya se quedó para siempre, criando canarios. Bueno, hasta que se marchó de nuevo en la caja de madera. Esta dice que estoy loco, pero yo le sigo esperando.

El hombre se enorgulleció de su larga parrafada y en su euforia pidió a Urko que pasase. Él mismo cerró la puerta a su espalda, rescatándola de manos de su mujer. Quedaron en un simple ensanchamiento del pasillo, junto a una rama de palmera metida en un gran tiesto, a la puerta del comedor donde el resto de la familia seguía con afán el concurso de la televisión. Cuando la miró de nuevo, Urko encontró a la mujer dominada por un descubrimiento.

—Flora Pínaga —la oyó exclamar con la mano tapándose los labios—. Pero fue antes de la guerra. Le aseguro que Florencio me tuvo que oír por abandonar a la pobre chica. Si usted ha venido a reclamar algo...

—No se trata de eso —dijo Urko.

—Es un acreedor, ¿verdad? —Sonrió el hombre—. Mala suerte. Gavilán sólo dejó nueve jaulas.

Urko los silenció con una mirada grave.

—¿Tienen ustedes la certeza de que su hermano Florencio permaneció todos esos años fuera de nuestra tierra?

—Sí —respondió la mujer, aliviada.

Urko miró al hombre.

—Sí —apoyó este.

—También les agradeceré que me digan si entre viaje y viaje Florencio vio a mi tía Flora.

La mujer acabó por contagiar al hombre su prevención. Ambos cobraron de pronto un miedo cerval a las palabras.

—¿Es algo grave? —preguntó él.

—No —dijo Urko.

La mujer le miró bajo un nuevo descubrimiento.

—Claro, usted es el sobrino de Inglaterra. Pero mi hermano ya no tiene que ver con los Pínaga. Nunca tuvo que ver. Aquello no duró ni seis meses, y no dejó ningún rastro.

—En efecto —dijo Urko—. No tengo nada contra su hermano. No se inquieten. Estoy aquí por simple curiosidad. Acabo de regresar después de treinta y seis años, encuentro a mi tía muerta y deseo conocer pequeñas cosas sobre ella.

El hombre avanzó un paso con aire dramático.

—Mi cuñado era un tarambana, pero tenía un corazón de oro —murmuró.

Urko comprendió que ya nunca podría restituir a la escena una apacible normalidad y se apresuró a consumir sus últimos segundos.

—¿Murió en esta misma casa?

El matrimonio se apretó el uno contra el otro.

—Sí —habló el hombre—. Acababa de dar de comer al último canario cuando cayó al suelo como desinflado. Murió en un minuto, diciendo: «Me marcho otra vez».

—¿En qué año ocurrió?

—En el 61 —contestó la mujer.

—¿Cuánto tiempo había pasado desde su último regreso?

—Dos años.

—De manera que ustedes lo vieron muerto y ustedes lo enterraron.

El hombre le clavó los ojos con una intensidad dura.

—Yo mismo bajé su caja al hoyo —explicó sordamente.

Urko se movió, disgustado.

—Perdónenme. —Se retiró hacia la puerta—. No vuelvan a pensar en mis preguntas. No significan nada ni les traerán consecuencias.

Él mismo tuvo que tirar del pestillo. Al volverse, descubrió al matrimonio donde lo había dejado.

—¿Les escribía?

—Guardamos muchas cartas suyas —dijo la mujer.

—¿Las tiene a mano?

Urko venció la resistencia de la pareja con una actitud paciente y sólida. La mujer desapareció hacia el fondo del pasillo. El concurso que llegaba del comedor señaló que había empate para el millón. Urko vio al hombre prestar atención a la próxima respuesta y librarse de la alarma reciente. Sus ojos volvieron a chispear como al principio. La mujer regresó con una columna de cartas envueltas en un forro de plástico, que ofreció al visitante. Urko las recogió y empezó a desenrollarlas, murmurando: «Con su permiso». Las fue revisando una por una y pasándoselas a la mujer, sin vaciar ningún sobre. Sólo se fijaba en los matasellos de origen, que le informaron de largas permanencias en muchos puntos del planeta a lo largo de treinta años. Recompuso el paquete bajo la certidumbre de que Florencio no fue la víctima de Mallatu.

—Buenas noches y gracias.

El rostro de la mujer ya no expresaba temor sino desconcierto.

—Nunca hemos hecho daño a nadie —dijo.

Urko sonrió con tristeza.

—Claro.

Sostuvo comprensivamente su mirada.

—Nunca sabremos por qué ha venido —señaló ella con una intuición alarmante.

El hombre regresó del concurso y miró con su esposa al visitante.

—Buenas noches —murmuró Urko.

Se reintegró a la noche abierta sorprendiéndose de no estar avergonzado de lo que hacía. Sin embargo, tardó un minuto eterno en decidirse a dar el segundo paso. «Ahora se trata de mamá, pero debo pensar que no soy un Pínaga. Mi ausencia de treinta y seis años lo está clamando a todas horas. Perdonadme, muertos de Mallatu.» No le avergonzó el sentimentalismo encerrado en la frase. Ascendió por calles nuevas hasta la avenida de Larragoiti y no tuvo que buscar en su memoria el chalecito de don Fabián, el médico de la familia. Lo encontró en el mismo sitio y rodeado de las mismas casas de antaño, y el hecho le conmovió y casi le sonó a milagro. ¿Habría muerto don Fabián? Consultó su reloj para saber que eran las doce de la noche y se dijo que no tenía derecho a invadir a esa hora la casa de un anciano de ochenta años. Pero un momento después estaba tirando de la campanilla. Se le embaló la respiración al recordarse de niño llamando a la misma puerta cuando había un enfermo en la familia.

Oyó el roce solemne de unos goznes y asomó un rostro de aquel tiempo. Era Juana, la hija del médico, la muchachita que le abría la puerta casi cuarenta años atrás, ahora convertida en un ser seco y sin gracia. Urko la reconoció por un detalle involuntario de su boca, que al siguiente segundo desapareció.

—Buenas noches, deseo ver a don Fabián.

Urko esperó sin respiración la respuesta.

—Ya no trabaja. Se ha retirado —respondió la mujercita.

—Soy Urko Pínaga, de los Pínaga de Mallatu. Acabo de regresar de Inglaterra y sólo quiero hacerle una pregunta... suponiendo que no esté acostado. Comprendo que no son horas.

—Urko Pínaga —repitió Juana—. Urko Pínaga. ¿Usted es el chiquillo que solía llegar a esta puerta sin aliento?

Urko la vio estudiarle con dramatismo, confrontando el paso de su propio tiempo.

—Trátame de tú, Juana.

La mujercita se agarró el cuello con una mano.

—No puedo —gimió.

Con un gesto silencioso le indicó que pasara.

—¿Cómo está tu padre?

—Bien. A esta hora siempre se duerme viendo la televisión.

Era la primera vez que Urko pisaba aquel pasillo que siempre veía desde el umbral cuando llegada con el recado. Era un interior de un barroco rojizo y con pocas luces. El anciano estaba en un salón, también sobrecargado, dormido en una butaca de cuero a dos metros de una guerra del telediario. Su hija lo despertó con un roce y una llamada tenue, y le dijo la novedad. La tristeza de aquel interior señaló a Urko que Juana se había quedado soltera.

Se acercó a don Fabián para que no se levantara y sufrió la primera mitad de un examen por parte de unos ojos que no estaban abiertos del todo. Luego el anciano se concentró y estuvo un gran rato recordando. Urko lo recorrió con la mirada. Era un hombre alto y delgado, sólo con un poco de piel sobre los huesos, pero con una energía juvenil en sus movimientos.

—Claro, el pequeño Urko —dijo de pronto.

El descubrimiento no le produjo ninguna emoción especial. Sus ojos se posaron en el tremendo volumen del visitante con una curiosidad lejana y Urko sintió que perdía de nuevo su niñez.

—¿Qué pasa por el mundo, hijo? —le oyó preguntar.

—Don Fabián, ha muerto la tía Flora.

—Ah, Flora Pínaga —dijo el médico con entera lucidez—. Sí, la gente se muere.

Juana susurró misteriosamente al oído de Urko: «Siéntese», y le indicó un sillón próximo. El anciano siguió con atención su descendimiento.

—Flora Pínaga y mi difunta hermana Raquel fueron muy amigas. Estudiaron juntas en las monjas.

—¿Recuerda usted a mi madre? —preguntó Urko.

—Sí. Era muy parecida a Flora. La misma cara grave, la misma pulcritud para todas las cosas de la vida. Las nuevas generaciones no son así.

Urko guardaba de su madre una idea más cálida, pero sorbió con pasión aquellas apreciaciones.

—¿De qué murió?

—De guerra.

Don Fabián fue tajante en su respuesta. Urko lo miró en silencio.

—En las guerras los médicos no sabemos muchas veces de qué se mueren las personas —añadió don Fabián—. Sin herida ni enfermedad explicable, empiezan a languidecer y se van.

—Mi madre murió en 1940, cuando ya no había guerra.

—Dime de una guerra que se haya acabado alguna vez.

Urko recogió con sumo cuidado la mirada precisa del doctor y sintió que algo se le recomponía por dentro.

—Sí, era una viuda de guerra con su único hijo ausente.

—Y viviendo aquella posguerra.

—Sí, viviendo aquella posguerra —deletreó Urko.

—Murió de todo y de nada. No supe qué certificar. Creo que lo hice a la buena de Dios.

La mujercita cerró el televisor cuando la locutora se despedía hasta mañana y luego se colocó detrás del sillón de su padre. Urko no quiso desperdiciar los siguientes minutos consolidando con el anciano su teoría de las guerras que nunca se acaban, porque tenía algo más urgente que aclarar.

—Sin embargo, mamá y la tía acababan de recoger a una niña abandonada. ¿Lo recuerda?

—Sí... —musitó don Fabián tirando del hilo de su memoria.

—De modo que ya tenía una razón para vivir. Además, estaba yo. Algún día, se normalizaría el problema de la alimentación y me reclamaría.

—El caso es que se murió —cerró el anciano.

Urko cambió de postura mientras elegía las palabras.

—¿Fue la suya una muerte natural? —El médico parpadeó—. Me refiero a que si usted apreció algo extraño... no sé... quizá sangre.

—¿Por qué me preguntas eso?

Urko se alegró de que el anciano desconociera su profesión de novelista policiaco. Aguardó en tensión la respuesta.

—Se esfumó dulcemente al cabo de un mes en cama.

—¿Recuerda usted la casa por dentro? ¿Recuerda si el día del fallecimiento encontró el pasillo sin el hule del suelo?

A la mujercita se le escapó una tos nerviosa y el propio don Fabián se incorporó con un rumor de huesos. Urko no supo dónde poner su mirada. No necesitó nuevas palabras para comprender que se empeñaba en un absurdo. Le invadió una felicidad impropia del momento y tuvo que acomodarse a las desconcertadas miradas del padre y de la hija.

—No se debe molestar a la gente a estas horas —dijo, levantándose.

Juana acudió en su auxilio.

—Es natural que, después de tanto tiempo fuera de los suyos, quiera saberlo todo.

Urko estrechó la mano de don Fabián y le vio tensar los labios para componer una sonrisa cansada.

—En fin, hijo, me alegro de verte. Pero allí no ocurrió nada.

—He ido demasiado lejos con mis tonterías —murmuró Urko—. Buenas noches.

La mujercita lo siguió hasta el pasillo y, al ver que se detenía, le dijo casi sin voz:

—Si le queda alguna pregunta, hágala.

Urko se volvió con una expresión de agradecimiento. El médico seguía con el rostro vuelto hacia él.

—Perdóneme, don Fabián. ¿Recuerda cómo tomó la tía Flora la muerte de mamá?

—¿Qué quiere que le diga? En las familias, todas estas cosas se viven de la misma manera. Lloró, naturalmente.

—Suele haber una primera frase inolvidable en un trance así. ¿Cuál fue la suya? ¿La pudo oír usted?

El anciano se rascó la cabeza y habló como si extrajera las palabras una a una de un pozo profundo.

—Ignoro si fue la primera, hijo, pero le oí decir: «Ahora, yo tendré que cuidar sola de la niña».

En la puerta de la calle la mujercita le preguntó tímidamente:

—Se siente muy solo, ¿verdad?

—¿Solo?

Urko regresó de otros pensamientos.

—Sí —añadió, deteniendo su mirada en la de ella—. Gracias.

—Uno cree hacer las cosas bien y al final la vida no le corresponde.

La mujercita bajó los ojos y pareció empequeñecerse. Urko se conmovió. Retuvo entre las suyas la frágil manita unos segundos más de lo preciso.

—Aquel tiempo en que yo llamaba a esta puerta con pantalones cortos era un buen tiempo, ¿verdad?

—El mejor —musitó ella. Alzó el rostro con una súbita expresión iluminada—. Un día, coincidió usted con él en esta entrada, y le habló. ¿No lo recuerda?

—¿Con quién coincidí?

—Con él. Luego murió en la guerra. Fíjese: nos íbamos a casar el 25 de julio. ¿Es que no recuerda lo que le dijo aquel día? Le dijo: «Chico, en las carreras se mete el aire por las narices y se echa por la boca».

Urko no recordaba aquel encuentro y, viendo a la mujercita, hubiera dado media vida para que no fuera así. Los ojos de Juana se clavaron en los suyos casi con desesperación.

—¿Tampoco recuerda el jersey que llevaba? Era de un color rojo fuego y usted no apartaba la mirada de él. ¿Cómo ha podido olvidar aquel jersey?

En la línea que unía sus ojos se formó la reciente escena en el salón, cuando Urko habló del hule. Aguardó a que ella riera para reír también. Al alejarse, supo que la dejaba con un recuerdo muy vivo para toda la noche.

17
Tallas en el desván

Entró en Mallatu con la confortable sensación de estar recomponiendo la familia. Sin embargo, al recorrer el pasillo y ver las recias marcas de fregado en el suelo, le asaltó la realidad de que aún faltaba su padre. «La sangre de los Pínaga mancha como las demás sangres», pensó. Apenas pudo soportar la ignominia de alimentar tales sospechas, y se refugió en la cama. «Mañana acabará todo.» No concilió el sueño hasta las cuatro de la madrugada, hasta que localizó en la oscuridad al amigo de su padre que marchara con él al frente. No recordaba su rostro y sí la casa donde vivía, y su nombre: Plácido. Durante esta vela a Urko se le fue formando sin querer una teoría corrosiva: si existió un misterioso personaje viviendo en Mallatu una larga posguerra, bien pudo ser su padre. En vez de continuar con las tropas vascas en retirada, quizá decidiera quedarse en casa. Urko ya había admitido aquello anteriormente, mas ahora le asustó la reciedumbre de la posibilidad. Se conocían casos de excombatientes ocultos y manteniendo intacto el miedo al enemigo. Al cabo, la tensión estallaba. ¿En qué forma? ¿Cómo adivinar qué clase de pasiones nacieron a lo largo de tantos años aniquiladores? Trató de recordar si su padre elaboró alguna vez una talla en madera: «No importa: dispuso de todo el tiempo para aprender». Urko advirtió la solidez de estas conjeturas cuando no pudo refugiarse en la fotografía del muchacho de Bérriz ni en el santuario de amor de la tía Flora.

Despertó a las nueve bajo el duro recuerdo de que faltaban veintitrés horas para que la excavadora arremetiera contra la casa. Realizó varios recorridos generales por el interior y el jardín, en parte por sentimentalismo y en parte por dejar llegar una hora razonable de visita. Sus manos tocando los objetos fueron despidiéndose con tanta emoción como los ojos. También entró en el piso de arriba, por ver si sacaba alguna nueva inspiración, mas no pudo encajar a su padre ni en el espacio más inocuo.

A las once cerraba la puerta masticando una loncha de jamón y atravesado por la sorda certidumbre de que allí dentro volvía a dejar la solución. «Volveré, volveré», pensó con un escalofrío de derrota de sus tripas. «Dispongo de una eternidad de veinte horas.»

Sin embargo, al cruzar la atmósfera plomiza de las calles iba armado de un auténtico espíritu investigador, que él mismo lo palpaba en el temblor asustado de sus piernas. Le impresionó la exactitud con que recordaba el itinerario. En aquel tiempo remoto Plácido vivía en el barrio de Alicante, en los altos de la costa que dominaban la playa de Arrigunaga, en una casita blanca rodeada de rosales y arbustos. Cuando Urko y su padre llegaban a las peñas de la playa, veían a Plácido bajar por el sendero del monte con sus ganchos de escarras y sus rediñas para pescar junto a ellos. Como siempre le sucedía desde su regreso, las distancias le parecían más pequeñas, de modo que alcanzó el barrio mucho antes de lo que pensaba y sólo lo reconoció por algunos residuos del pasado entre masas de cemento. Localizó la vivienda de Plácido siguiendo las inolvidables losas de una acerita superviviente. La casa, que antes se levantaba en una zona abierta, ahora aparecía encajonada entre construcciones modernas. Había una anciana barriendo las primeras hojas secas de un caminito de juguete. Urko la reconoció: era la mujer de Plácido.

—Buenos días, Concha.

Ella levantó un rostro oscuro, triste y agrietado, que estremeció a Urko. Un instante después estalló en una sonrisa que la rejuveneció cuarenta años.

—¿Qué hay, Urko?

Y lo miró como si no hubiera corrido el tiempo. Volvió a hablar antes de que él reaccionase.

—Ya me han traído que andas por aquí y que has crecido un poco.

Urko avanzó y le estrechó las manos, una de ellas con la escoba.

—¿Y Plácido?

Se estaba haciendo a esperar con terror estas respuestas.

—Se fue —dijo ella.

—¿Cómo? —exclamó Urko desde sus tripas.

—Siempre se va por las mañanas a ver las gaviotas.

Empujó a Urko al interior de la casita y lo sentó en una mecedora de la cocina. De un puchero calentado a carbón salía un humo de alubias. Estuvieron hablando de recuerdos hasta que regresó Plácido silbando una canción de la ría. Urko vio a un viejecito con un chaquetón de navegante y una explosión de zarzas canosas en la cabeza.

—Mira a quién tienes aquí —le dijo su mujer.

Plácido miró al hombre sin reconocerlo.

—Urko Pínaga —completó ella.

—¡La Virgen! —exclamó Plácido. Devolvió a Urko a la mecedora—. Siéntate, que no quiero verte tan grande.

Él también se sentó. Hubo unos segundos de examen mutuo antes de que se pusieran a hablar del pasado. Plácido no dejaba de medir en secreto las proporciones de Urko, comparándolas con las de antes. Una hora después llegaban al tiempo de la guerra. Urko formuló su pregunta:

—¿Viste morir a mi padre?

—No. Ni siquiera estaba con él en la misma cárcel. Verás... Nosotros éramos casi todo lo que quedaba del ejército vasco y en Limpias nos rendimos a los italianos y entregamos las armas. Nos llevaron a Santoña. Íbamos a ser evacuados a Inglaterra en mercantes ingleses y, bueno, entregamos a los italianos listas de jefes y oficiales para que escaparan los primeros. Los barcos ya estaban llenos de gente cuando llega la orden de desembarco. Mal asunto. Luego se marchan los italianos y vienen los españoles, que se apoderan de aquellas listas hechas para salvar a la oficialidad. Todos fueron llevados al penal de Santoña. Y, bueno, aquí me separo de tu padre. Él era capitán. Lo juzgan y lo llevan a la prisión de Larrínaga. Ya no lo vi más.

Urko masticó dolorosamente toda la tragedia encerrada en tan pocas palabras. Tardó tiempo en desprenderse de aquella visión y en instalarse en la certeza de que la sangre del hule no era de su padre. La cocina quedó en un silencio de vela de muertos. Resuelto el problema contemporáneo, Urko regresó al pasado.

—¿Qué dijo al despedirse?

—Nada. Uno nunca piensa que va a tener tan mala suerte y sigue haciendo las cosas con naturalidad. Me dijo adiós, como cuando nos separábamos después de las pescas.

—Lo llevaron a Larrínaga, sí, pero es posible que se salvase. Quizá escapó o alcanzó algún indulto o se revisó su juicio o...

Quedó mudo al recibir la tremenda expresión encapotada de Plácido. Durante muchos minutos sólo se oyó el trajín de Concha en el fregadero.

—Os he amargado la mañana —dijo Urko.

Plácido se levantó de la banqueta blanca y se estiró para desconcharse los recuerdos.

—En realidad te he contado una historia que me parece que no me ha ocurrido a mí —dijo.

Urko se levantó lentamente para clavar en él una mirada implacable.

—De modo que no hubo guerra.

—¡Qué sé yo si hubo guerra! Ahora somos otros.

—Somos lo que nos hizo la guerra —exclamó Urko.

—No. A mí, lo que me pesa no es la guerra sino los años. Bueno, sí, aquel fue un mal tiempo. La gente moría y se tenía hambre. —Abrió dos puertitas de un armario azul y de un paquete vertical echó varias galletas a un plato, que llevó a la mesa—. Pero ahora sólo puedo pensar en mis años. —También sacó una botella de vino y dos vasos y los llenó—. Vamos, toma un trago con este viejo.

Urko recogió el vaso que le tendía y al beber recordó que era el primer vino que tomaba desde su llegada a España. Plácido apuró su cristal hasta el fondo. Se arrugó la piel de cuero que envolvía sus ojillos.

—Escucha: tu padre me dijo algo en el último momento. Fue cuando se los llevaban en camiones al penal de Santoña. Había mucho ruido y sólo le vi mover los labios. Estaba allí, de pie y con las manos en la cartola y mirándome, y al arrancar movió los labios para decirme algo. ¿Qué quiso decirme, Urko? Fueron las últimas palabras que me dirigió. Fueron sus últimas palabras, Urko, y yo no las pude oír.

Quedó con el vaso olvidado en su mano y luego se sentó despacio. La mujer volvió a poner la escena en movimiento. Cogió a Urko de un brazo y lo sacó al caminito.

—Me despierta por las noches pronunciando nombres de compañeros muertos —le dijo con sencillez—, o contándose a sí mismo batallas enteras. Al día siguiente no se acuerda de nada.

—Claro —dijo Urko.

Se despidió prometiendo volver otro día, pero sólo a hablar de las viejas pescas. Luego se encontró caminando por las calles de Algorta bajo la impresión de tener el problema simplificado, aunque no lograba concentrarse. Esperó pacientemente a que las ideas se le ordenaran y, ya cerca de las doce y cuarto, llevó la mano derecha al bolsillo interior de su americana y extrajo la fotografía. «Tú eres la clave», le dijo como si hablara a un vivo. «No podía ser de otro modo.» Y, a los pocos pasos: «Pero ¿cómo sucedió todo? ¿Y por qué?». No podía pensar con calma porque tampoco podía desprenderse del estallido de las venas, que se le antojaban el tictac de un reloj. Se imaginó a la tía

Flora escribiéndole la carta torturada y apremiándole en aquellos momentos desde su santuario. Se sentó en un banco de la estación a pensar y sacó la carta, la desdobló y la leyó tres veces. «¿Qué es lo que me querías decir, pobre mujer? Todo el mundo se muere sin haber dicho a los otros lo más importante.» Se encontró en un punto muerto, pero no quiso distraer la responsabilidad con nuevos paseos por las calles, y se atornilló al banco. Cerró los ojos para concentrarse y no los abrió ni a la llegada de un tren que se vació de viajeros. «No debo salirme del muchacho con cara de lelo. Él representa la solución más simple: vivió en Mallatu quince días, la tía Flora se enamoró de él y puso en marcha lo que siguió. Al menos, dejó a la tía en un estado temperamental que pudo favorecer la aparición de los hechos posteriores. Pero él no lo llena todo. La estatua no pertenece a los quince días. ¿Quién la talló? ¿Quién era esa segunda persona que vivió en Mallatu tantos años? A veces, se rompe la ley y las cosas no son tan simples... Es decir: ¿de quién fue la sangre del hule?»

Se puso en pie con los músculos abatidos y su mirada chocó con el gran reloj del muro. La respiración se le aceleró. El tren inició la maniobra para colocarse en el andén de salida y Urko se sintió arrastrado por su movimiento. Sacó billete a Bilbao y se encontró ocupando un asiento, todavía con la carta y la fotografía en la mano, y sólo entonces admitió que el único paso lógico era regresar a Bérriz. ¿A qué? Lo ignoraba. Pero el muchacho procedía de allí y quizá de aquel mundo suyo se desprendiera la señal que no se encendió la primera vez. «No, la verdadera razón es que sospecho que me mintió la familia.» Recordó las figuras trágicas de los padres desgranando maíz, y añadió: «Al menos, que me mintió su hermana. El muchacho volvió, pero en vez de esconderse en su caserío, eligió Mallatu. Quizá no lo eligió, sino que se trasladó de noche desde Bérriz para verse con la tía Flora, bien impulsado por el amor, bien por el agradecimiento, y un suceso inesperado lo inmovilizó en mi casa para siempre: quizá fuera descubierto durante el viaje y luego no se atreviera a afrontar el regreso; quizá la tía Flora, invocando su amor, le presionara para que se quedase, y él se negó y entonces ella... ¿Por qué no? La sangre del hule es una realidad». Devolvió a su bolsillo la carta y la fotografía. «Y ¿en dónde encaja la estatua?» Siguió con las cábalas durante la media hora del viaje a Bilbao, ya sin que le apartara de ellas su semejanza con sus novelas policiacas. Pronto comprendió que no era su fe en la nueva ruta lo que le proporcionaba aquella solidez, sino la simple desesperación.

A la una y cuarto partía hacia Bérriz en un vagón de los Ferrocarriles Vascongados, cada vez más hundido, pero sin resolverse a desistir por no enfrentarse a la pasividad. Al descender en su destino lo envolvieron un rumor de pájaros invisibles y un sirimiri de seda.

Encontró el mismo camino de la vez anterior y al cruzar el riachuelo se acordó de los pies desnudos de Regina y de su tortura por suponerse el modelo de la talla. Alcanzó el caserío alrededor de las tres y cuarto y descubrió a la hermana inmóvil en el centro del portalón, resignada y alerta, como si lo estuviera esperando.

—Buenas tardes —dijo Urko.

Ella no le respondió. Había en sus ojos una dureza animal.

—No sé cómo explicarle... —añadió Urko, sin atreverse a dar un paso más.

La voz de la mujer estalló en la calma de la tarde.

—¿Qué se traen ustedes?

Urko se sobresaltó. Abrió los brazos como si se entregara.

—Siento una gran curiosidad por su hermano. Fue atendido en mi casa durante quince días y sospecho que mi tía y él se enamoraron. Ella acaba de morir y ahora yo deseo saber cómo era Justo.

—Un aldeano —exclamó la mujer con dureza.

Urko palpó el reto que encerraba la puntualización.

—Yo también habría querido ser un aldeano —aseguró.

—Pero es un señorito, como su tía, y le gustaría que yo le dijera que mi hermano fue otro señorito.

—No se trata de eso. —Urko salvó la distancia de cuatro pasos—. Quiero conocer el alma de Justo, no su modo de ser, sus costumbres, sus pensamientos. —En el mismo instante en que se avergonzaba por suponerse mintiendo, descubrió que era verdad—. ¿Me comprende? Es una manera de recuperar algo de mi tía muerta. Creo que los dos vivieron una hermosa historia de amor.

A la mujer se le humedecieron los ojos. Urko la vio pensar durante un largo minuto para elegir las palabras.

—Justo era un buen chico.

A Urko lo emocionó la simplicidad de aquella frase que pretendía encerrarlo todo.

—El otro día usted mencionó la habitación que conservan de él.

—¿Quiere verla?

Urko asintió con la cabeza y se dejó arrastrar por la seña de la mujer indicándole que le siguiera. Se encontró con una toalla en las manos y oyó: «Séquese un poco la cabeza». Obedeció maquinalmente y después no supo qué fue de la toalla. Era la primera vez desde la guerra que se sumergía en un caserío del país y le oprimió la presión de los siglos estancados. Al fondo de un pasillo en ángulo con suelo moderno de baldosas había una habitación cerrada. La mujer dirigió la mano al picaporte y sonó un ruido dulce de hierro. «Es una puerta que se abre con frecuencia», pensó Urko. Se encendió en el centro del techo una bombilla desnuda que contrastaba con el amor dedicado a los demás objetos del cuarto.

—Entonces no teníamos corriente —dijo la mujer en un susurro—. Se trajo hace quince años.

Era un aposento grande, de paredes blanqueadas, con un tosco armario del siglo anterior, una mesa y dos lechos monumentales. Urko miró a la mujer.

—Dormía con otro hermano —la oyó—. Es otro de los que murieron en la guerra.

Había dos cortinitas blancas tapando un ventanuco con los cristales cerrados. Urko presionó con la mano los colchones y sonaron a hojas de mazorca. Sobre la mesa vio dos brochas de afeitar y una navaja, dos misales, una escopeta de caza bajo una canana llena de cartuchos, dos carteras de escuela y un estuche forrado de caracolillos de mar, todo sobre un tapete empuntillado. Urko levantó la tapa del estuche y vio siete canicas.

Al pasar frente al armario la mujer le abrió sus dos puertas y brotó una oleada de alcanfor. Meticulosamente ordenados había chaquetas, pantalones, camisas, mudas y calzado. Urko se imaginó a la anciana que cuidaría de todo aquello.

—¿Dónde están los padres? —preguntó, dándose cuenta de que también hablaba como en un templo.

—Durmiendo la siesta.

De las paredes colgaban amarillas fotografías familiares en marcos dorados. Urko las recorrió una por una y sólo halló de interés una reproducción, ampliada, de la que encontró en el santuario de amor de la tía Flora. Paseó la estancia lentamente, examinando los detalles, buscando no sabía qué. La mujer aguardó con paciencia a que terminara. Cuando Urko lanzó un suspiro y se retiró hacia la puerta, ella lo paró con una pregunta.

—Hay algo más, ¿verdad?

—¿Algo más?

—Sí, algo más de lo que me ha dicho. ¿De qué se trata, Dios mío?

Urko la miró de frente.

—Yo también pienso que se me ocultan cosas. Creo que su hermano Justo pasó por esta casa después de la guerra.

—¿Pasó? ¿Por qué no dice «se quedó»?

Urko lamentó haberse expresado así.

—¿Qué sabe de mi hermano? —se precipitó ella.

—Menos que usted. Me llevaron a Inglaterra antes de que mi madre y mi tía lo cuidaran esos quince días, y acabo de regresar por primera vez.

—Al menos, dígame lo que sospecha.

—Estoy aquí por ver si encuentro algo que me ponga en una sospecha.

—¿Y lo ha encontrado?

—No.

—¿Por qué se empeña en sospechar algo?

—No se trata de eso. No sé cómo ha aparecido la palabra *sospecha*. Sólo quiero saber.

Ella se relajó.

—Pues todo lo que dejó está en este cuarto.

—¿Todo?

—Sí. Bueno, el padre aún sigue usando la azada de Justo y la banqueta en que se sentaba a ordeñar. También quedan siete manzanos plantados por él y el semillero que construyó de ladrillos, y unas herramientas en el camarote, y la madre conserva incluso descendientes de la pareja de jilgueros que él criaba.

Salieron al pasillo y al portalón sin hablar una palabra y Urko tuvo la sensación de que las últimas frases encerraban una secreta burla amarga. Al tender la mano a la mujer, esta se la cogió con desgana.

—Vino buscando una impresión sobre mi hermano...

Urko estaba demasiado abrumado para responder, mas hizo un esfuerzo por compasión.

—Creo que era un muchacho inocente, ingenuo, casero y con mala suerte.

—¿Mala suerte?

—Murió joven, ¿no?

—Sí, así era Justo —pronunció quedamente ella.

Urko se resistía a clausurar la visita. Hizo un recuento mental de imágenes y palabras y se le recrudeció la certidumbre de que la mujer podía proporcionarle otras noticias. «Tiene que saber más cosas de su hermano. Quizá no sabe que las sabe, pero en él está la clave.» Se supo ridículo prolongando una permanencia que ya había dado todo de sí. Nunca llegaría a saber si el comentario que hizo lo inspiró un propósito o fue un sonido ocasional de su garganta.

—Sí, todos los hijos caseros tienen un pequeño taller de carpintería en el camarote.

—¿Cómo sabe que le gustaba trabajar la madera?

—Usted me habló de unas herramientas.

A Urko se le desbocó la respiración.

—La madera —deletreó, mirando fijamente a la mujer, pero sin verla. La rebasó casi con violencia, entró en la casa y buscó en el fondo del pasillo la escalera del camarote de todos los caseríos. Se movía tan infaliblemente como si hubiera nacido en aquel interior. Era una escalera decrépita y chirriante, en las oscuras profundidades de la vivienda, cuyos peldaños gimieron bajo el peso belicoso de Urko. Levantó el cierre de madera y abrió la puerta con el propio impulso de su mole en marcha, y avanzó hacia dos ventanucos de la derecha por la ruta abierta entre trastos de siglos. Al principio no se atrevió a tocar nada. Había un banco de carpintero con zonas tan desgastadas que parecían fosas y un primitivo tornillo de sujeción. Urko comprendió que martillos, formones, tenazas, limas, reglas, serrotes y demás herramientas, unas en su sitio en un tablero vertical y otras en abandono de trabajo sobre la mesa, llevaban así desde la guerra. A un lado del banco, sobre una cómoda apolillada, había unas tallas componiendo un Belén. Las figuras humanas eran de treinta centímetros y ocupaban sus emplazamientos tradicionales. Mostraban una prodigiosa semejanza de estilo con la escultura de Mallatu. Urko advirtió que faltaba una pieza. Le tocaron en un hombro y descubrió a su lado a la mujer señalándole un punto. Prensada entre las tablas del tornillo vio la talla a medio hacer de un borrico.

18
El paganismo de la tía Flora

Urko viajó en los dos ferrocarriles de vuelta enloquecido por la revelación. La historia acababa de adquirir un color nuevo, aunque nada de ella había que cambiar. Se trataba, simplemente, del hallazgo del fragmento que daba sentido al conjunto. Sin embargo, Urko dejó pasar mucho tiempo sin decidirse a bajar a los detalles, fluctuando entre la emoción y el espanto. «¡Qué gran amor contemplaron los muros de Mallatu!», se repetía una y otra vez. «¡Y qué monstruoso crimen!» Todo adquiría una ordenación majestuosa, que, mientras estuvo ocupando los vagones, Urko se limitó a contemplar con fascinación, a distancia. «Regina no está loca. La Presencia existió.»

Lo primero que vio de Algorta fue el gran reloj del andén señalando las seis y media. El vientre le dio un vuelco al comprender que ya había concluido la jornada laboral y que al comienzo de la próxima se pondría a demoler la excavadora.

No sabía por dónde empezar a pensar. Primero dirigió sus pasos hacia Mallatu, pero enseguida cambió de dirección, por no encontrarse con Regina. Bajó a la vega de Fadura y dejó la carretera para ocultarse en los restos del viejo bosque, junto al riachuelo. La frescura del sitio serenó sus emociones y durante varios minutos estuvo adquiriendo la solidez interior precisa para afrontar el desmenuzamiento de la tragedia. Se controló hasta el punto de traer una breve tregua antes del gran asalto, y durante ella lamentó que siempre se le estuviera olvidando recoger colochos de maíz para su pipa. Sentado sobre la yerba, con los codos en las rodillas y la cabeza entre las manos, emprendió la marcha desde el principio...

En la retirada del ejército vasco llega a Mallatu un soldado herido. «Seguramente ocurrió después de que mi padre pasara también y se despidiera.» El gudari permanece en la casa quince días y la tía Flora se enamora de aquel combatiente desvalido de veinte años. «Es lo más sensato pensar así. Ella sería la enamorada y no él, que es bastante más joven.» Lo atiende como a un niño y las especiales circunstancias en que se debaten la hacen concebir la esperanza de retenerlo allí para siempre. «La pobre tía Flora, la pobre mujer que ya creería pasado su tiempo de amar y de ser amada.» No, aquel gudari no la ama todavía. Al menos, no tanto como para que el sentimiento le impidiera marcharse. Basilia lo guía de noche hasta la costa para que embarque en la motora que lo conduzca a Francia, y entonces ocurre lo que inicia la larga odisea del enclaustramiento. Basilia no lo ve embarcar, lo que no significa que no lo hiciera. Pero en el caserío de Bérriz jamás recibieron noticias suyas de Francia ni de otro lugar. Esto es lo que sucede: a espaldas de Basilia, el muchacho regresa a Mallatu. ¿Por qué? ¿Hubo un malentendido, o un engaño, y la embarcación parte sin él? ¿Se arrepiente a última hora o le entra miedo? «Acaso todo estuviera preparado, empezando por el engaño a Basilia. Si el gudari se quedaba en la casa, había de ser con todas las garantías. Ni siquiera Basilia debería saberlo.» ¿Cómo se llega a esta decisión? Una fuga a Francia entraña grave riesgo. El menor descuido significa la muerte. En cambio, el gudari ha encontrado en Mallatu reposo y seguridad, y cariño, al cabo de tantos meses de guerra implacable y de odio. Algo semejante a esta mezcla de sentimientos le decide. No el amor. No, todavía. Así, pues, regresa y la puerta de Mallatu se cierra a sus espaldas para siempre.

Aquí, a Urko le recorrió un doloroso estremecimiento, mas se negó a ahondar entonces en la sangre del hule.

«En ese momento empieza todo.» Dos mujeres sufrientes dedicadas por entero a un infeliz, depositando en él los sentimientos maternales que no podían dedicar a otras personas. «Sí, incluso mamá, privada del esposo y del hijo, el primero apresado en Santander y enseguida muerto, y el segundo refugiado en Londres.» Entonces se consolida el amor. A Justo lo esconden en la habitación del piso de arriba, que la tía Flora convierte en un mundo incontaminado. ¿Duerme también allí? ¿Qué clase de amor es el suyo? ¿En qué momento pasan a la consumación? ¿Hubo consumación? «¿Qué pensaba mamá?» Con el paso del tiempo nace en los tres la certidumbre de haber caído en una trampa. Además, la situación trae otras complicaciones. Acaba la guerra. Ya puede reclamarse al hijo de Londres. Pero ¿cómo introducirlo en el gran secreto? ¿O cómo hacer que viva en la casa sin que llegue a descubrirlo? «¡Pobre mamá!» Resuelven esperar. El tiempo arregla muchas cosas. Y así sucede. «Mamá, que no hubiera tardado en hacer estallar aquella situación, muere, y la tía ve desaparecer la amenaza del sobrino.» En adelante, levanta excusa tras excusa para no traerlo. Pero, un año antes, ha ocurrido también algo. Las dos mujeres recogen a una niña de días que ha sido abandonada en las monjas. ¿Por qué otra carga? No hubo razón para hacerlo. Simplemente, lo hacen. Se impuso en las dos la ternura. Con todo, existe ingenuidad, falta de previsión. De momento, la niña no entraña ningún peligro. Pero, crecería...

Urko se movió con desasosiego. «Es inconcebible que se dieran hasta ese extremo a los demás. Sólo cabe pensar esto: que estaban en el convencimiento de que el problema del recluso iba a tener un próximo fin. ¿Qué clase de fin? ¿Un cambio político en el país traído por las potencias democráticas europeas? Quizá ellas se contaron entre los pobres ilusos que lo esperaron durante tantos años.» Urko sintió un golpe en su pecho al pensar en otra clase de fin: el asesinato. Cambió de postura y sacó su pipa con el propósito de distanciar aquella posibilidad. «Alguna vez he de enfrentarme a la idea, es decir, al hecho, a esa sangre del hule. Pero no todavía. No en esta fase. ¿Y por qué digo asesinato? ¿Por qué he pronunciado la palabra?» Prendió el tabaco con la mecha amarilla y lanzó la primera bocanada reconfortante...

Aquella niña crece, se enfrenta a la Presencia y vive en el temor. Oye ruidos, observa movimientos, siente a alguien más. Un día, la curiosidad vence al terror y empieza a subir las escaleras. La detiene un grito de la tía Flora, un alarido demencial. La niña comprende que la que supone su mamá es una aliada de la Presencia. La acosa el desamor. Quizá llega a pensar que es odiada. «Pero no se trataba de eso. A la tía Flora le había desbordado la situación. Regina es la perenne denuncia del error cometido al recogerla. Por mucho que la quisiera, la tía Flora había de comprender que constituía una pieza sobrante.» Como viene haciendo con el sobrino, busca pretextos para alejarla de la casa. Para el bachillerato la interna en un colegio. Luego la envía a Valladolid a estudiar la carrera. Pero siempre hay unos regresos, unas vacaciones, y Regina se erige, regularmente, en el obstáculo. «Y habría algo más: los celos. Esa talla es no sólo la que organiza toda esta historia —como hermana de las que hallé en Bérriz—, sino la que acaso nos informa de los celos de la tía Flora.» Regina se ha convertido en una mujer y el gudari —que la ve, que la espía— elige su cuerpo para modelo de una escultura. «De momento, me olvidaré de ese moño que no le va a ella.» La tía Flora ha de temer que en el fondo de aquel propósito late el amor. ¿Por qué no? Regina es la mujer joven, la novedad para un hombre que lleva veinte años sometido a una monotonía enloquecedora. Pero el hombre del piso de arriba pertenece a la tía Flora, es su obra, un producto exclusivamente suyo. Se niega a consentir la continuación de aquel estado de cosas. De manera que son los celos los que la impulsan a acusar a Regina de recibir en casa a un amante a sus espaldas. «Ocurre en 1964, exactamente el 29 de septiembre. Al regreso de un viaje a la tienda, la tía Flora la sorprende en el pasillo con un hombre que ha entrado por la ventana. La tía así lo declara. Sin embargo, tengo dos indicios que me hacen sospechar que esa ventana no se abrió: el listón que la trababa y el cristal que se rompió en la lucha y que luego Alejandra reemplazó. Pertenecía al bastidor inferior, el cual, si fue levantado para dar paso a alguien, «quedó fuera del alcance de codazos o presiones de cuerpos de lucha. El hombre no entró en la casa: estaba ya en ella». Es la tía Flora la que impone la versión de la ventana y Regina, en su terror, se la cree. La tía aprovecha el episodio para insultar «premeditadamente» a Regina y obligarla a abandonar Mallatu. Era la única salida a la insostenible tensión.

Urko permaneció fumando largo rato, dándole vueltas al suceso, presintiendo que había llegado a una de las dos claves de la historia. «Pero, si era el gudari, ¿por qué bajó del piso alto? ¿Por un deseo incontenible de estrechar en sus brazos el objeto de su nuevo amor, aprovechando la ausencia de la tía Flora?» Urko siguió pensando intensamente, recordando los detalles del relato de Regina. Poco antes de que empezara a referirlo, él, Urko, se encontraba en el piso de arriba recogiendo la estatua. De pronto, oye los histéricos gritos de Regina y se precipita escaleras abajo para ayudarla. Está enloquecida, presa de un ataque de nervios. Urko es rechazado con repulsión, hasta que ella se calma y lo reconoce. ¡Cree que le ataca la Presencia! Y confiesa, también, que «aquella vez» todo empezó igualmente con el ruido de la bomba del retrete. «Ahora sé que fue el muchacho quien tiró de la cadena de la bomba. Y todo se repite: Regina oye el ruido en medio del silencio de la casa en la que cree estar sola —la tía Flora acaba de salir a ese recado— y grita y... ¿Por qué el muchacho abandona su refugio sabiendo que ella está abajo? Y, ¿por qué ha tirado de la bomba sabiendo que ella está abajo?» Sus nervios están desquiciados. No es un ser normal. Lleva más de veinte años sin salir de entre cuatro paredes. Quizá está loco. Los gritos de Regina le ponen en un estado límite de excitación. Se salta las leyes que le han regido durante tantos años. Además, la mujer que está gritando es acaso su nuevo amor. La locura y la pasión se confabulan para lanzarlo escaleras abajo en busca del cuerpo deseado. La abraza y la besa, en medio de la resistencia y el horror de Regina. Rompen el cristal de la ventana y regresa la tía Flora y sorprende aquello. «¿Qué hizo para salvar su gran obra de tantos años? Sin duda, envió al muchacho —que ya no era tal muchacho, sino un hombre de cuarenta años—, envió al hombre arriba con un gesto, e implantó, sí, la versión de la ventana y el ladrón. Y aprovechó el episodio para arrojar sobre Regina la torpe acusación y desembarazarse de ella.»

A Urko le dolían los huesos de la larga permanencia en la misma postura, pero no lo sabía. Fumaba con automatismo, contemplando en el humo las escenas que iba creando, sin que ahora le torturara la sospecha de estar reconstruyendo al impulso de sus narraciones policiacas. La reciedumbre de los hechos arrasaba los convencionalismos de ficción. Urko emitió una tos para frenar el deslizamiento y repasar un punto anterior...

Abandona su gruta para mostrarse, aniquilando de un golpe el código de veinte años. Los gritos de la mujer lo han puesto más loco y han obrado de llamada. «Bien, pero, antes, en plena lucidez, ¿por qué accionó la bomba?» Se trata de un error. Supone que lo puede hacer impunemente, como en los momentos adecuados. «¿Y cuáles son estos momentos adecuados?» Por las noches, cuando Regina duerme el primer sueño. Sin embargo, el estruendo del retrete forma parte de la gama de ruidos de Mallatu que ella percibe por las noches. Con frecuencia, el terror le impide dormir. Posiblemente, reparte los ruidos entre la Presencia y la tía Flora, y esta queda vinculada al de la bomba. «Pero en aquella ocasión la tía no estaba en casa. Se trató, pues, de un simple error. Sólo cabe esto: el hombre creyó que Regina no estaba en casa.» En efecto, ha salido una de las dos mujeres. El hombre mira a través de una ventana del piso alto y la ve. Cree que es Regina. «¿Por qué? ¿Por qué? ¿Es que no dispuso de más de veinte años para conocerlas bien?»

Urko dejó de respirar unos segundos para tener una concentración más limpia. Trató desesperadamente de recordar las palabras de Regina cuando se lo contó. «Yo le dije que quizá se equivocara al suponer que la tía Flora había salido y que a ella se debería el ruido de la bomba. Su respuesta fue tajante: salió. Y lo recordaba bien porque la tía llevaba el abrigo azul de Regina que acababa de arreglarse para ella.» Urko pensó con detenimiento y abstracción hasta que se esfumó la nube de humo. «Está claro. ¡Las confundió!

Tomó a la tía Flora por Regina. ¿Cómo, después de tanto tiempo...?» Se puso en pie por la simple fuerza de la idea que se le había introducido. «¡Son iguales! La misma estatura, la misma esbeltez, los mismos movimientos desangelados.» La revelación fue tan sorprendente que lo dejó como una estatua sobre la yerba. Durante varios minutos estuvo unificando la imagen de la tía Flora que contemplaran sus ojos de niño con la de Regina, y el resultado lo deslumbró. «¡Iguales! Incluso esas facciones emergiendo semejantes e intactas de sendos temperamentos distintos. ¿Qué significa esto?» Con alarma incontenible se hundió en una segunda comparación de las dos imágenes, convencido de encontrar en alguna parte el fallo que le permitiera huir de aquella sospecha que había empezado a formarse en su frente. Mas sus denodados combates siempre concluían en la pregunta: «¿Cómo no lo he advertido hasta ahora?» Buscando alguna prueba que lo salvara de la tremenda fatalidad, se acordó de la talla. La analizó meticulosamente en su memoria y hubo de convenir en que cualquiera de las dos mujeres pudo servir de modelo al gudari. «Pero fue Regina, bien voluntariamente o sorprendida por él en momentos de su aseo. Sin duda, habría practicado agujeros en el suelo de su piso para espiarla. Lo comprobaré.» Entonces se acordó del moño de la escultura y las piernas le empezaron a temblar. «No puede ser. No puede ser. Ella, la tía, no. Sería demasiado.» Pero la evidencia del moño de madera se impuso como un escollo. «De manera que posó desnuda para él. ¡Nunca lo hubiera creído de ella!» Se quiso engañar a sí mismo deteniéndose a sufrir con el escándalo, pero enseguida comprendió que era una argucia para esquivar la otra realidad. Tuvo que agacharse a recoger la pipa que se le había desprendido de la mano.

Se negó a admitir que fueran madre e hija en tanto no viera de nuevo la escultura, y echó a andar hacia la casa pensando tercamente, por automisericordia, en el escándalo que representaba la tía Flora posando desnuda en Mallatu para aquel hombre que le trajo la guerra. Dejó a un lado la otra obsesión desgranando argumentos y sin asombrarse de estar rigiéndose por un puritanismo victoriano. «Todo se halla envuelto por el amor. Eran un hombre y una mujer que vivieron una reclusión de amor como pocas veces se había dado, y en este contexto romántico, en esta situación no buscada por ellos, todo debe parecernos hermoso.»

Siguió pensando mientras caminaba por las viejas rutas familiares del pueblo, hasta que el hilo de sus ideas lo llevó a una pregunta: «¿Qué ha sido del hombre de la guerra?». La sangre del hule le propuso una respuesta, que él aceptó. «Pero ¿cuándo ocurrió? ¿Y quién y por qué lo hizo?» La crudeza de las conclusiones le endureció los intestinos contra los embates del pánico y sólo entonces se sintió con fuerzas para afrontar la realidad. Despreció la talla, que le iba a decir lo que ya sabía, y se apartó por segunda vez del camino de Mallatu y tomó el de la casa de Basilia. Le abrió Luisa la puerta y la oyó pregonar con entusiasmo: «¡Es Urko! Mira qué pronto ha venido otra vez, ama». Basilia estaba tomando en el mismo sillón el café con leche de sopas de su cena. Urko cayó unos instantes en la contemplación de aquella especie de rito que le revivía tantas viejas escenas de su cocina de Mallatu, pero al punto le desbordó su carga interior. Petra y Luisa tuvieron al mismo tiempo la idea de acercarle una silla y lo hicieron entre las dos. Basilia lo miró con gravedad por encima de sus sopas.

—¿Qué pasa, Urko?

—Necesito saber algo más.

—Venga, pues —dijo Basilia, llevándose la cuchara a la boca como un mecanismo.

—Tú les dijiste a mamá y a la tía Flora que las clarisas habían recogido una niña de la puerta de su convento.

Basilia hizo un esfuerzo para evadirse de su tazón y regresar al pasado.

—Sí.

—¿Qué día de la semana llevabas a mi casa la cesta con vendeja?

—Creo que el jueves.

—Pero siempre era el mismo día.

—Sí.

—Y también, el mismo día, dejabas parte de esa cesta en el convento de las clarisas.

—Sí.

—De modo que siempre pasabas por el convento antes de ir a Mallatu.

—Sí.

—Y, siempre, el mismo día de la semana.

Urko advirtió que Basilia no podía sostener el ritmo trepidante de sus preguntas. Recogió el nuevo «sí» y le concedió un descanso para que se recuperara con las últimas sopas de su tazón. Petra retiró el servicio y Basilia sonrió con felicidad.

—Sólo el café con leche sostiene vivos a los viejos.

Urko reanudó su presión cuidando de controlar su efervescencia.

—Ibas con la cesta el mismo día. ¿También a la misma hora?

—A las ocho, en el convento, y a las ocho y media, en Mallatu. Andaba con las campanas de los trinitarios.

—Bueno. Llegas y les hablas de la niña. ¿Qué dijeron?

Basilia movió varias veces la cabeza y al detenerla tenía puesta su mirada en los dibujos de la pared.

—Pues me dijeron: «¿Una niña?». Y yo les repetí: «Una niña». Y ellas: «¿Se encuentra bien?». Y yo: «Las monjas la tienen dormidita en un cesto de pan». Flora se puso a llorar y enseguida tu madre la acompañó.

Me dieron pena. ¡Estaban tan solas y habían sufrido tanto! Así que me sonó natural que me dijeran que iban a recoger a la niña. Y en un momento se marcharon.

—De modo que lo decidieron en unos segundos. Tú llegas, se lo dices y ellas se visten y salen.

Basilia pareció tropezar con un obstáculo en aquella pared.

—Estaban vestidas. Me dijeron: «Espéranos», y echaron a correr a la calle.

Urko se estremeció viendo cómo el pasado se reconstruía según sus sospechas.

—Estaban vestidas —murmuró—. ¿Trajeron ya a la niña a su regreso?

—Mira: yo fui detrás de ellas, y menos mal que se me ocurrió coger la llave, que siempre estaba en el armario de la cocina, ¿recuerdas?

—Sí.

—Con sus prisas, ellas se la habían dejado. En el convento ya vi a tu tía con la niña en brazos y besándola y mojándola con sus lágrimas, y era tu madre la que hablaba con las monjas. Se arreglaron con ellas y regresamos con la niña. No sé de dónde habían sacado una cuna, pero allí la tenían, en el dormitorio de Flora.

De sus recuerdos de infancia, Urko extrajo el bulto de una cuna que en los combates se utilizaba como nido de ametralladoras.

—Siempre hubo una en el segundo piso —declaró.

—Pero ya la tenían abajo y muy arregladita. Como si una voz del cielo les hubiera dicho lo que iba a pasar. Entonces, con la emoción, no caí en aquello tan raro, pero por la noche me hice muchas cruces y a la mañana siguiente volví a Mallatu y encontré a tus mujeres cambiadas por la felicidad y afanándose por la criatura como si fuera la última que quedaba en el mundo.

Basilia había sacado un pañuelo del bolsillo de su falda para llevárselo a los ojos, y también había caído en un bostezo irremediable. Urko quiso acabar antes de que le cogiera el sueño.

—Y les preguntaste por qué bajaron la cuna antes de...

—Sí. Les dije: «Sois adivinas. ¿Quién os dijo que teníais que preparar el belén?». Ellas se miraron, y luego tu madre me dice: «Llevábamos tiempo haciendo gestiones para adoptar una nena, pero esta se ha adelantado».

—¿Recuerdas si alguna de las dos estuvo enferma en las semanas anteriores a todo esto?

Urko aguardó en tensión la respuesta, temiendo que Regina fuera su propia hermana. «Es que ya puede suceder cualquier cosa», se excusó. «Quizá me esté volviendo loco.»

—Tu madre pasó una gripe de tres días...

Los pulmones de Urko se paralizaron.

—... pero a Flora le había agarrado un mal que le duró mucho tiempo. Algunos días, cuando yo llegaba con la cesta, entraba en su cuarto a verla en la cama.

Urko pudo despedirse de Basilia momentos antes de que se durmiera. Las dos viejitas lo acompañaron a la puerta ofreciéndole con terquedad una lista de productos de merienda para que eligiera, pero él logró huir sin ofenderlas. Se puso a caminar hacia Mallatu contemplando la historia a golpes de deducción. La tía Flora queda embarazada del hombre de la guerra. «¿Cómo lo tomó mamá? ¿Se sorprendió, se escandalizó, o estaba en el secreto de aquellas relaciones?» El muchacho ya lleva dos años de enclaustramiento. Se rinde al amor de la tía Flora. Al principio, lo entiende como una forma de pago. Además, necesita exprimir a la situación algo de felicidad. Luego acaba amando también. Comprende que puede sentirse realizado en aquel mundo minúsculo. Ahora son los dos los que aman y son felices. «¿Y mamá? ¿Y mamá?» Lo consiente. Incluso da su bendición a la pareja. Es feliz viendo feliz a su hermana. Le enternece su amor. Todo se desliza desde el principio con una suavidad exquisita. La tía Flora le dice a mamá: «Quiero a ese hombre. ¿Soy culpable de quererle? Anoche dormí en su cuarto». Y mamá: «Lo sé. Te oí». Y la tía: «¿Qué derecho tiene el mundo, que ha traído esta guerra?». Y mamá: «Vivimos bajo otras leyes. Tienes mi absoluta aprobación». La tía queda embarazada. La guerra ha concluido, pero comienza la posguerra. Lloran ambas mujeres. Se estremece el muchacho. El estado de la tía lo va a delatar. Mas ellas arreglan las cosas. A su debido tiempo, la tía deja de salir a la calle y, más tarde, oculta en la cama su embarazo. Finge otra dolencia. Quizá sólo se acuesta cuando llega Basilia cada jueves con la cesta de productos de su caserío. Se aproxima el parto. Mallatu vibra de angustia. ¿Cómo explicar la presencia de la criatura? Quizá el gudari propone destruirla. Mamá y la tía defienden al nuevo ser como leonas. Una de las dos concibe la coartada del convento. La tía Flora da a luz a Regina. Son Navidades. Nieva. Han de aguardar uno o varios días a que llegue el jueves y llegue Basilia. Acaso hasta seis días. O sólo unas horas. Llega el momento, abrigan bien a la niña y mamá la lleva al convento. Un gran pañuelo por la cabeza oculta sus facciones. Todavía es de noche. Falta, quizá, una hora para las ocho, hora en que Basilia se presenta en el convento. Mamá regresa. Ella y la tía se abrazan llorando. «¿Ha quedado bien? ¿Has elegido un sitio resguardado de la nieve? ¿La verán enseguida las monjas? ¡Dios mío! ¿Y si la recoge otra persona? ¿No has olvidado de llamar a la campanilla?» Terrible espera. Llega Basilia. Se han salvado la niña y el mundo secreto de Mallatu.

Urko encontró el camión del trapero en el mismo lugar de la vez anterior. También era de noche. Miró a lo largo de la acera malamente iluminada por las bombillas de poste y se preguntó por qué echaba de menos al cura. El hombre saltó de la cabina y se le acercó.

—Como no me ha llamado he tenido que venir.

Vestía del mismo modo florido. Urko no le perdonó que viniera a quebrar su reconstrucción del pasado.

—Márchese.

—Mañana tiran el edificio y dentro hay cosas que ya he pagado.

—Le devolveré el importe de lo que pierda.

—No sé por qué no se cumple la palabra.

Urko avanzó dos pasos y lo dominó con su volumen y la violencia de su mirada.

—Fuera. En esta casa todavía mandan los Pínaga.

Cuando abría la puerta se arrepintió de haber utilizado al hombre para descargar su tensión. Al cerrarla oyó el motor del vehículo. No encendió ninguna luz por no anunciar a Regina su presencia. Deseaba estar solo para seguir reconstruyendo, y además acababa de comprender que ella siempre debería quedar ignorante de esa recuperación del pasado. Buscó a tientas el comedor y uno de los sillones y se hundió en él con abandono...

Mamá fallece un año después. «Había sufrido demasiado y el futuro no le ofrecía ninguna esperanza.» Su único pensamiento es el hijo que tiene en Londres, al que no puede traer. Envían algún dinero al colegio donde se aloja. ¿Hasta cuándo? Está en juego la seguridad de un hombre. «La tía y mamá discutirían mucho aquel problema. Mamá propondría: "Que se entregue. No pesa sobre él ningún delito de sangre y no lo matarán". Y la tía: "Iría a la cárcel, como tantos otros, y nadie sabe qué sería de él". Y mamá: "Con tu actitud me quitas al hijo". Y la tía: "Espera, espera un poco más". Y así murió mamá: esperando.» La niña crece y pronto empiezan sus terrores. A medida que pasan los años resulta más difícil cortar el enclaustramiento. Se convierte en hábito y crece el miedo a cuanto existe fuera de Mallatu. La tía no da un paso por alterar la situación. Se siente feliz en su seno. Siente su amor muy protegido. Es como garantizarse un futuro de ensueño. Pero la niña representa una amenaza. Crece y oye y observa. Ha conseguido mantener apartado al sobrino, pero ahora el peligro procede de su propia hija. No puede ofrecerle una familia normal. La ve asustada, confundida. Y no cabe integrarla en aquella forma de hogar. Pronto la interna para el bachiller y después la envía a Valladolid. En sus ausencias, aquel interior recobra su verdadero carácter. «¿Revelaría la tía Flora al hombre de la guerra que la niña era su hija? Sí, naturalmente. Suponiendo que hubiera deseado callar, no le pudo ocultar ni el embarazo ni lo demás.» El hombre, viviendo a un par de metros de su hija y sin darse a conocer, sin hablarle, sin tocarla. «Eh, cuidado, antes ha aludido a los celos. Descartados. Igualmente, el modelo para la talla no fue Regina, sino la tía Flora. ¡Dios, la tía Flora!» Sin duda, él se lo propone y ella se niega. No era su estilo. Además, no quiere dejar a la posteridad una prueba palpable de impudor. Pero él insiste, apelando a su aburrimiento y a su amor, y ella, al fin, cede al halago. «Sí, el moño sólo podía ser de ella.»

Urko respiró varias veces con intensidad al chocar con un obstáculo...

«Entonces, si no por celos, ¿por qué arroja de la casa a Regina?» Ya no es la misma situación que hace años. Regina es una mujer a la que se le puede contar todo. No sólo no representa una amenaza, sino que lo comprendería y la revelación le haría muy feliz, entre otras razones porque ganaba unos padres. Pero la tía sigue callando y sigue alejándola de la casa. ¿Por qué? No vacila en insultarla, consciente de que pierde a su hija, de que la obliga a organizarse una vida sola e independiente. «Una gran pérdida perfectamente remediable.» La tía Flora tiene más de cincuenta años y ha de sentirse cansada. Regina puede convertirse en su sostén y en su confidente. Sólo unas palabras preparatorias y luego: «Ahora bajo con él». Sólo eso. Corta de raíz sus terrores e implanta un verdadero hogar. «¿Por qué no lo hace?»

Urko sacó el pañuelo para secarse el sudor de la frente y se permitió un descanso en el centro de la oscuridad.

«Era su hija. No puede hablarse de deseo, de amor. Sin embargo, bajó del piso para atacarla como un animal en celo. ¿Es que la tía le silenció su paternidad?» No, no, no. El juego entre ellos es muy claro desde el principio. No se entiende por qué...

Urko siguió pensando arduamente en la oscuridad y al término del forcejeo tropezó con el recuerdo del hule.

«La tía Flora lo quitó del pasillo en aquellos tres días, ya que Regina dijo que lo vio en su sitio hasta su marcha de Mallatu y que en el verano de su primer regreso ya no estaba. Esta ausencia arranca, sí, de esos tres días, pues Alejandra tampoco lo encontró a su llegada, el 2 de octubre de 1964. El ataque por parte del hombre de la guerra sucede igualmente al comienzo de esos tres días.» El ataque enloquecido del hombre tiene lugar sobre el hule. «¿Por qué le llamo enloquecido?» Es otro error, otro accidente que no tiene por qué ocurrir en aquellas codificadas existencias. Es un elemento anómalo. Surge, explota y ya las cosas no vuelven a ser como hasta entonces: Regina deja la casa, la tía se siente sola y arrepentida de su acto y pide desesperadamente a su hija que se quede, y lo hace así año tras año. «Es una actitud nueva. Hasta entonces siempre procuró alejarla.» También Mallatu se convierte en otra cosa. Desde su regreso el primer verano Regina se encuentra en una casa normal. No hay ruidos extraños, no desaparecen objetos, la tía se desvive por ella. No siente la Presencia. «Me confesó que fue como recuperar su hogar y a la tía.» Otro de los grandes cambios es el hule: alguien lo quitó del pasillo. «¿Qué se obtiene mezclando todo ello?» Es el arranque de una nueva época. La tensión es suplantada por la placidez. La tía ya no se mueve por la casa como una leona defendiendo algo, ni se irrita por nimiedades, ni humilla a Regina. Se ha vaciado. Sufre en silencio. Sentada en el mirador contempla lánguidamente el jardín durante horas y horas. Todo señala que el hombre del piso de arriba no está en la casa. «¿Qué ha sido de él?»

Urko se armó interiormente para afrontar de una vez el tremendo hecho del hule, tantas veces pospuesto...

«Esa sangre parece la culminación de lo que sucede en los tres días, que también parecen marcar la conclusión del hombre de la guerra. Era su propia sangre. ¿Quién la vertió?» Regina huye inmediatamente de la casa. Quizá lo hace después de matar a su padre. Hay una lucha entre ambos ante la ventana del pasillo. Quizá ella tiene casualmente el cuchillo en su mano. Es la hora de preparar las comidas. Quizá lo mata con él. «No. Con su huida de Mallatu y su actuación en los nueve años siguientes, Regina señala su inocencia. Si hubiera matado al hombre, no habría huido ni regresado en los veranos, pues la casa y la tía habrían adquirido ante ella otra dimensión. Hubiera accedido al gran secreto y su vida hubiese cambiado. Por el contrario, todo sigue igual. Entonces, la tía.» Convence a Regina de que «su amante» ha salido por la ventana. Y se lo puede decir porque el hombre ya no está ante ellas. ¿Dónde está? Naturalmente, ha regresado al piso. Regina no soporta el insulto de la tía y aquella noche ya no duerme en casa. La tía y el hombre se quedan solos. Hay recriminaciones por parte de ella. Pero el asalto a Regina en el pasillo no es un hecho casual, un accidente imprevisto. Es, simplemente, una violenta explosión de amor, o al menos de deseo. Un sentimiento incubado desde hace años. «Pero ¿cómo, cómo, tratándose de su hija? Suponiendo que la tía no se lo hubiera confesado, entonces llegaba la necesidad imperiosa de hacerlo. En cualquier caso, el hombre tenía que saber que era el padre de aquella muchacha del piso bajo. ¿Entonces, entonces...? Quizá ella sólo se lo revelara después. Tarde, pero las cosas se pusieron en claro. El hombre quedaría abochornado, pediría perdón. Y todo proseguiría normalmente... ¡Pero no ocurre así! Es entonces cuando la tía vierte la sangre del hombre.»

Con la frase descarnada Urko volvió a sentir el resquebrajamiento de sus tripas, pero siguió bravamente adelante, sin refugiarse en una tregua...

Es un hecho que el hombre vive en el amor o el deseo y que ha probado con sus manos y sus labios el cuerpo apetecido. Su pasión se ha enconado. La tía le habla, agota todos los argumentos. ¿Consigue algo? Otra forma de la misma pregunta: ¿Se reanuda en

Mallatu la vida normal? «¡No, ya he dicho que no! ¿Por qué la tía recurrió a la violencia? ¿Qué pretendía, aún, el hombre?» Regina ya no está en la casa. No la puede atacar de nuevo. ¿Qué pretende evitar la tía matándolo? ¿Qué locura debe cortar? «Locura. Locura.» El hombre no se conforma. Se rebela. La tía no lo puede dominar. Se va a destruir un equilibrio de más de veinte años. ¿En qué forma lo quiere destruir el hombre? «Locura. Locura. Quiere abandonar Mallatu. ¡Quiere seguir a Regina!»

Urko se sintió peor, ahora que creía haber encontrado la razón del crimen, pues comprendió que él mismo se cerraba la última puerta a la esperanza. En ese momento oyó la campanilla de la puerta y se puso en pie empujado por el sobresalto. Sabía que era su prima. Se quitó los zapatos y salió de puntillas al pasillo. Soportó detrás de la puerta dos llamadas más y luego oyó el triste taconeo alejándose por las losas bajo los cipreses. El motor del Simca puso un remate a la escena. Sólo entonces sintió Urko el dolor de sus huesos agarrotados y se puso a caminar por el pasillo...

«Conjeturas. Conjeturas. Todo tiene un límite y ni siquiera esto pudo haber ido tan lejos. ¿Por qué no hablar de accidente?»

De pronto sintió unos deseos irrefrenables de ver de nuevo la talla. No sabía qué hacer para lanzar al destino por otra ruta. Subió las escaleras a la luz de la linternita y abrió la puerta con la llave. Al descubrir la talla tirada en el piso recordó cuando la dejó caer por acudir a los gritos de Regina. Se sintió muy próximo de aquellos acontecimientos de nueve años atrás. La recogió con los dedos llenos de miedo y la examinó con fervor bajo el circulito de luz que la desnudaba centímetro a centímetro. «Es la tía Flora y es Regina. En el año 40 fue la tía Flora y, alrededor del 60, Regina. Necesitó en la carne la misma perennidad que en la madera, y un día, de pronto, descubre que su obra se parece más a Regina que a la tía Flora, y su locura le permite efectuar el cambio con naturalidad. Su amor cambia de persona. ¡Dios, al menos, esto demuestra que en su día amó profundamente a la tía Flora!»

Se fue rindiendo a la perfecta acomodación de las cábalas. Sin embargo, se resistió a liquidar la idea de accidente. Permaneció largo rato en aquel piso, cediendo a la fascinación que ejercía sobre él. Primero llevó ceremoniosamente la estatua a la alcoba-santuario y la depositó sobre la cama, y luego proyectó la luz de la linterna contra las paredes y los objetos, desplazándola con un giro de faro. Tampoco sabía qué buscaba, aunque sí para qué: para implantar la idea de accidente. Más tarde salió al pasillo y visitó todas las habitaciones. El exiguo circulito de luz le obligaba a detenerse con escrupulosidad en cada trocito de superficie, y de este modo le pareció que esta segunda inspección era muy diferente. Concluyó en la última esquina del último cuarto sin haber encontrado nada. Sin ninguna razón, cerró con llave el dormitorio de amor y salió del piso. No llegó a pisar la escalera. Por primera vez, la mirada de Urko se apartó de la luz de la linternita. «Había una maleta», exclamó. Retrocedió con seguridad porque recordaba en qué cuarto estaba. Era un maletín de viaje descansando sobre los muelles rotos de un sillón bajo una capa blanca de polvo. Urko la tomó cuidadosamente por el asa y sopló contra la cerradura. Cuando la nubecilla se disipó quedó al descubierto una chapita de metal y un botón, ambos carcomidos por la herrumbre. Urko presionó sobre el botón para desplazarlo, sonó un chirrido a viejo y alzó la tapa. En el interior había un revoltijo de ropas de hombre.

Urko las examinó. No eran prendas de calle sino caseras, y ofrecían al tacto la flacidez de los tejidos que aparecen en las tumbas. Había un pantalón, dos camisas, dos jerséis, cuatro pañuelos, un juego de afeitar y tres calcetines. «Tres calcetines», precisó Urko, después de contarlos otra vez. Cerró la maleta y la limpió totalmente de polvo con la punta de una vieja alfombra. El cuero mostraba las inequívocas costras de sangre del hule.

«La tragedia ocurrió cuando se disponía a salir con la maleta.» Urko la llevaba en la mano al descender las escaleras, pensando. «Fue una salida precipitada. Esos tres calcetines lo denuncian.» Tuvo que sobreponerse al estremecimiento que le causaba la idea de estar representando al personaje del hombre de la guerra cuando marchaba en pos de Regina y escuchaba a su lado las frases agónicas de la tía Flora: «¡No salgas de esta casa! ¡No la sigas! ¿No te he dicho mil veces que es tu hija?». Y él: «Es el amor de mi maldita vida. Es la mujer de mi escultura».

Recorrió el pasillo y se detuvo a un palmo de la puerta. Sintió en las ropas los tirones de la tía Flora y sus gritos. «Esperaría hasta el último momento, resistiéndose a creer que aquello estuviera realmente sucediendo. Luego, ocurrió. Es posible que el hombre tropezara, cayese y se muriese de golpe. O que forcejearan, incluso la tía armada de un cuchillo, sólo para amedrentarle, y en un desgraciado movimiento él mismo se lo clavara.» La teoría le pareció en exceso pulcra en medio de aquel cuadro de locura. «Había demasiada sangre, demasiada pasión. Tanta sangre sólo puede proceder de un ensañamiento.» La tía Flora espera hasta el último instante, y cuando él abre la puerta, le clava el arma que lleva en la mano. «¿El formidable cuchillo de cocina? Si así fue, ¿por qué no se deshizo luego de él? Se tiene la impresión de que el terrible episodio es un factor insignificante en el largo proceso que se inicia en la guerra. Un hecho que clausura algo que nunca debió empezar. Un error fugaz y esperado para cerrar y condenar al olvido el gran error. Es como si, después, todo recobrara la perdida calma y Mallatu se reincorporara a su monotonía secular. De modo que la tía pudo creer que despertaba de un sueño. Había sido un crimen, pero también algo irremediable.» La tía abre los ojos y descubre que la pesadilla ha desaparecido. Devuelve el cuchillo a la cocina y lo limpia. Sube la maleta al piso alto y la deja en el viejo sillón, sin abrirla, sin querer saber lo que contiene para olvidarla mejor. «Olvida. Olvida. El crimen no ha sido un elemento particularmente discordante en la pavorosa odisea de veinticinco años. Con la paz, la tía olvida el dolor y el sufrimiento, el martirio y el horror, y recupera lo bello. La alcoba-santuario es un remedio delirante para ahogar la parte negra de esos veinticinco años y salvar para el futuro el amor.»

Urko dejó la maleta en el suelo y se volvió. «Pero, antes, debió afrontar la rudeza de la realidad, al hombre desangrándose en el suelo. Para hacer aquello ha tenido que caer en una locura como la de él.» Sus propios gritos la impulsan. Hunde por primera vez el cuchillo. Él se agarra a la puerta. La tía Flora ya no es ella. El hombre sigue en pie y ella teme todavía que salga de la casa. Sepulta varias veces el cuchillo en el cuerpo del loco. Debajo, el hule está recogiendo los chorros de sangre. Finalmente, queda un cadáver sobre los charcos rojos.

Urko dejó de pensar, desquiciado por la baraúnda de su estómago. El haz de la linterna, dirigido casualmente a todo lo largo del pasillo, le obligó a proseguir.

«Había sangre desde la puerta hasta el pie de la escalera. Y Alejandra dijo que, en su primera visita, el entarimado que conduce a la salida al jardín aparecía intensamente fregado, como sucedía con las otras zonas del pasillo. Sólo una razón podía obligar a la tía a preocuparse de una limpieza a fondo en aquellos tres tremendos días.»

Urko avanzó lentamente por el pasillo, giró al llegar a la escalera y abrió la puerta de comunicación con el jardín, después de apagar la linterna. La noche era tan espesa que no se apreciaba ningún contorno, pero estuvo recibiendo la brisa tierna en el rostro. Sintió que sus pensamientos se aligeraban y quedaban rebajados de su horror. Sin embargo, no se atrevió a pisar la tierra del jardín. «Lo que sigue ha de pertenecer también a Mallatu. Todo ha de guardarlo la casa, como desde el principio.» Naturalmente, la tía piensa en el jardín para hacer desaparecer el cuerpo. Reúne sus pocas fuerzas para arrastrarlo por el hule, mientras la sangre continúa brotando. Lo saca al jardín y busca un lugar donde abrir la fosa.

Urko se encontró cimentando sus cábalas con una exclamación: «¡Así fue! ¡Ahora sé para qué me escribió la tía su carta desesperada! ¡Para que evitara la profanación del cadáver del hombre de la guerra! ¡Para evitar que el mundo supiera que estaba allí!». El descubrimiento le trajo una calma casi perfecta. No vaciló en dar el primer paso sobre aquella tierra, flotando en una extraña capa de inmunidad. Ni siquiera esperó a que sus ojos se hicieran a la noche. Buscó lentamente el emplazamiento lógico de la tumba, pero en esta ocasión le fallaron todos sus epílogos. Tampoco pudo deducirlo de un estudio del terreno, por culpa de la oscuridad. Regresó a la puerta recordando que faltaban las horas de un sueño para que la excavadora iniciara su demolición, y se sentó en el peldaño de piedra a pensar. Estaba asombrado de la paz de sus nervios, y todavía se asombró más cuando le asaltó la pregunta: «¿Y qué haré con el cadáver si lo encuentro?», y su organismo no perdió la armonía. «Ya pensaré en algo cuando llegue el momento.» Una hora después seguía en el mismo estado y empezó a considerar la posibilidad de perder todo el esfuerzo en el último tramo. Repasó mil veces los informes de Regina y Alejandra, y las imágenes recogidas por él mismo sobre el terreno en aquellos días, tratando de obtener una sola noticia acerca de la predilección de la tía para el enterramiento, mas comprendió que trabajaba con datos exiguos. Tan sólo recordó que Alejandra había encontrado igualmente a su llegada a Mallatu partículas de tierra en el pasillo, cerca de la puerta del jardín. Cediendo a una broma, Urko se echó hacia atrás y, tendido de costado en el suelo, rastreó con los dedos la base del rodapié. Maldijo la maestría con que Alejandra ejecutó su misión en aquellos años. «Un grano de tierra quizá me hubiera orientado acerca de la región del jardín en que cavó la tía.» No pudo evitar que transcurriera otra hora en blanco. Volvió a repasar los episodios que ya había repasado, hasta que sintió frío y se levantó con las articulaciones prensadas. Después de dar varias vueltas al pasillo, se dirigió al comedor para aliviarse en uno de sus sillones. En el momento de sentarse, la luna perforó los cristales del mirador. Fue un golpe tan inesperado que Urko suspendió el movimiento y se asomó con la secreta esperanza de no encontrar en el sitio de siempre a la excavadora. La luna hería el lomo de su cresta metálica como un ultimátum. Urko sintió un estremecimiento en sus piernas, pero no se movió. Su mirada estaba en el jardín de plata, mirándolo como acababa de recordar que, según Regina, lo miraba la tía durante horas y horas, «después de aquellos tres días», en la última etapa de Mallatu. Como una consecuencia natural, Urko pensó que la tía sólo podía mirar una cosa. «Pero no me aporta nada. Ya sabía que la tumba estaba allí.» Pero siguió mirando. «Al menos, como desde estos cristales no se abarca todo el jardín, puedo eliminar un cincuenta por ciento de su superficie.» Su principal atención se la llevaba la excavadora, alzándose sobre el muro del fondo. Urko arrastró uno de los sillones hasta el mirador y lo ocupó no para seguir mirando simplemente, sino para mirar como miraba la tía Flora. Alzó la cabeza hasta una posición razonable y dejó de ver la mitad anterior del jardín, tapado por la madera baja del ventanal. Urko se dijo que no cabía otro intento de eliminación de superficie. «He reducido el jardín a unos dos mil pies cuadrados hábiles. Suponiendo que me pusiera a cavar ahora mismo, los obreros de la excavadora me sorprenderían a las ocho de la mañana con unos míseros palmos de tierra removida.» De pronto recordó que aquella tierra era de un color ceniza, y tuvo la certeza de que el recuerdo no le venía de su infancia, sino de algún momento más reciente. «Sí, ha sido en estos cuatro días cuando he visto la tierra levantada.» Se violentó rudamente para forzar la memoria, hasta que se rindió, pensando que una resistencia así sólo indicaba que estaba equivocado. Entonces volvió a ver el zapato de don Pedro abriendo en la tierra aquellos surcos profundos con los que formara el extraño rectángulo. Perforado por un presentimiento, Urko dejó de respirar para concentrarse mejor y situar desde allí aquella figura. «Yo estaba junto al cura cuando la marcaba y tenía sobre mi cabeza la excavadora.» El punto correspondía idealmente a la mirada de una cabeza que estuviera en reposo en el ventanal. Se puso en pie movido por el dramatismo de la nueva idea y salió al jardín andando como un mecanismo. Lo cruzó a pasos pudorosos y alcanzó el lugar, cerca del muro, sobre el que la cumbre de la excavadora proyectaba una sombra de luna. Allí seguía el curioso rectángulo marcando una tumba perfecta. Urko se despojó de la chaqueta y de la corbata y se arremangó la camisa, y sólo entonces pensó que necesitaba herramientas. Oyó sin el menor asombro una voz sobre su cabeza.

—Gracias a Dios.

La potente masa del cura emergió airosamente del borde del muro. Urko lo vio dar un salto de adolescente y caer a su lado con un golpe sordo de metales y preguntándole en tono confidencial:

—¿Necesitas herramientas, hijo?

19
Los enterradores

Lo hicieron todo sin palabras. Don Pedro había traído un palín de labrar, una pala corriente y un rollo de lona. Cuando empuñó el palín para iniciar el trabajo, quedó de pronto suspenso, mirando a Urko. Soltó la herramienta como si quemara y salió del rectángulo de un salto. «Quiere seguir haciéndolo a su modo hasta el final», pensó Urko. «He de ser yo quien marque la iniciativa, para que no sufra el secreto de confesión.» De modo que tomó el palín del suelo e hizo el primer corte y sacó la primera tierra, y entonces el cura trasegó la primera carga con la pala.

Trabajaron sin dirigirse la palabra, alternándose en las herramientas, como si no se vieran. Urko comprendió el martirio que había sufrido don Pedro, condenado a silenciar el secreto que la tía Flora le había entregado en confesión poco antes de entrar en el quirófano. Recordó su frase agónica: «No te hagas cura», y sonrió a su pesar. Acababan de aclararse muchas cosas, aunque no todas. La tía Flora no había acertado a transmitir sus deseos para que estos pudieran ponerse en práctica. ¿Qué falló?

Don Pedro era más vigoroso de lo que hacía presumir la capa de grasa que lo envolvía. Al menos, la zozobra por el paso del tiempo le infundía una potencia animal y olvidada. Urko no podía seguirle el ritmo. «No estará muy profundo. La tía se limitaría a hacer un trabajo de aficionado.» Tropezaron con los huesos a medio metro de profundidad, dentro de unos jirones de ropa en los que sólo se había conservado la hebilla del cinturón. Urko y don Pedro se agacharon para proceder a la limpieza del esqueleto, y después lo fueron depositando en fragmentos en la lona que habían extendido al borde del hoyo. Urko realizó la operación sin pensar en nada. Finalmente devolvieron la tierra a su sitio y se miraron. Don Pedro tenía cara de estar matando a un vivo. Urko entendió que esperaba verle dar el siguiente paso. Envolvió los restos en la lona y levantó el bulto como si fuera un bebé. El cura lo miraba sin moverse. «Estoy seguro de que tiene dispuestos todos los detalles de la operación, pero debe hacer la comedia de que yo la dirijo.» De modo que echó a andar hacia la casa, y supo que aquello encajaba cuando el cura lo siguió. Entró y recorrió el pasillo y se detuvo ante la puerta principal para que la abriera el cura, y este así lo hizo, y entonces Urko le señaló su pantalón con un golpe de barbilla y don

Pedro introdujo su mano en el bolsillo, sacó la llave y cerró Mallatu, reintegrándola a su lugar. Urko no pasó de la acera. El cura se detuvo a dos metros a su derecha, secándose el sudor del cuello con un pañuelo colosal. Estaba claro que tampoco pensaba moverse. Urko también comprendió que lo estaba enviando hacia otro lado. Se puso, pues, a caminar por la acera y al llegar al ángulo del muro, don Pedro salió del camino y se adentró por una campa hasta la excavadora, regresando con un carrito de mano. Urko descargó en él los huesos del hombre de la guerra.

Él marcó la siguiente ruta, al resolver que los restos tenían que reposar en el pequeño panteón de la familia, con la tía Flora. Fue una explosión de lucidez que puso una ilusión en aquel mundo acabado. El cura se doblegó a la dirección del carro. Urko lo vio caminar en tensión, mirando en torno con miedo, incluso al llegar a los descampados de Getxo. Don Pedro evitó su iglesia de San Baskardo, como si creyera que las imágenes le espiaban desde las cristaleras. Bajo el fulgor de la luna el cementerio parecía un conchero. Don Pedro abrió la puerta de hierro mientras Urko recogía en brazos el rollo de lona con los huesos de Justo. Al llegar al panteón los dejó en el suelo para ayudar a levantar la losa. Pasó por la estrecha abertura y, al tocar pie, vio al cura dirigiendo al bulto un responso precipitado. Lo recibió de sus manos y se desplazó unos centímetros para dejar entrar un rayo de luz y localizar el último féretro. Levantó la tapa pensando en la leyenda de los cementerios costeros que se vacían por el fondo, y cuando se dispuso a verter la carga sobre el cuerpo de la tía Flora, oyó la tos recriminadora de don Pedro. Rehízo el paquete y lo depositó a todo lo largo del costado de la muerta.

Hicieron un regreso igualmente hermético, y sólo al verse detrás de la verja de Mallatu el cura recuperó el habla. Se expresó como si acabaran de encontrarse cualquier otro jueves.

—El domingo juega el Getxo contra el Torrelavega.

Urko obligó al cura a descender a la realidad.

—Mi tía complicó mucho las cosas. Me ha llevado cuatro días descubrirlo todo.

—No son mucho cuatro días —pronunció el cura arrastrando la frase.

—Nada ha faltado para que se produjera el escándalo con la aparición de los huesos.

—Dios velaba.

—No a través de usted.

El cura cerró la boca con sufrimiento.

—¿Qué le dijo mi tía? —preguntó Urko. Un instante después elaboraba otra frase—: ¿Por qué no arregló las cosas para que yo conociera su secreto y pudiera ponerle remedio inmediato?

Don Pedro agarró la puerta de hierro, disponiéndose a huir. Urko le cerró la salida cruzando su brazo en la abertura.

—¿Qué secreto? —musitó el cura con la garganta rota.

Aquella noche Urko no podía reñir con nadie.

—Al menos, admita que ella se confesó con usted.

—Sí, me pidió confesión —dijo el cura con recelo.

—Creo que bastará que me cuente lo que dijo al margen de esa confesión.

—¿Qué quieres saber?

—Ya se lo he dicho: por qué la tía no se preocupó de transmitirme de algún modo su secreto.

Don Pedro abrió la boca con cautela.

—¿Qué secreto? —susurró otra vez. Y añadió rápidamente—: No me mires así. Sólo soy un cura de pueblo que desea cumplir con su ministerio. No me nombres más el secreto, que me obligas a parecer tonto. —Lanzó un suspiro resonante—. Nunca te hagas cura.

Urko esperó.

—Flora iba a contarte «algo» a tu llegada —dijo don Pedro sin voz—. Pero le vino la perforación de intestino y me hizo llamar minutos antes de salir para la clínica. «Me estoy muriendo», me dijo. «Quiero poner mi alma en paz.» Así que la confesé. Lloraba. «Mi sobrino no viene ni vendrá. Ya no se siente de la familia», me dijo también. Entonces me entrega su Diario, con la orden de que lo queme al punto sin leerlo. «Nadie debe saber lo que ocurrió entre estas paredes», gimió.

—Y se lo entrega a usted porque ya lo sabía todo —señaló Urko.

El cura parpadeó, ausente, como si estuviera oyendo otra música.

—Ese Diario es el que yo hubiera necesitado encontrar —protestó Urko.

—Lo llevé a mi casa y lo quemé sin abrirlo. Entiéndelo: ella no quería dejar al mundo ninguna noticia.

—Pero, si ella moría, ¿cómo esperaba que me enterase yo?

—Es que ella ya no esperaba nada de ti, Urko. Estaba segura de que no vendrías. La carta la escribe el día 5, y el 15, cuando la llevaron al quirófano, tú aún no has llegado ni tiene noticias tuyas.

A Urko le invadió un viento de agonía.

—Entonces, murió creyendo que sobrevendría el escándalo. —Miró a don Pedro fijamente—. ¿Y usted? No me diga que no le pidió que tomara la pala y... Ya se lo había revelado. Usted era la única persona en el mundo que lo sabía, la única a la que podía recurrir.

Don Pedro sacó su gran pañuelo para recoger los chorros de agua de su frente.

—Cuando la confesé, Flora estaba en el convencimiento de que podría regresar a Mallatu para... para...

—Para hacerlo ella misma, con sus manos.

—Tú lo has dicho. Yo no sé nada... Bueno, la gente nunca piensa que se va a morir, aunque lo diga.

—Y usted, ¿qué pensaba hacer? ¿Qué hubiera hecho esta noche si yo no lo descubro a tiempo? —y Urko dirigió al cura una mirada demoledora.

Don Pedro levantó los brazos al aire y caminó así hasta el primer ciprés y se colgó de su follaje, emitiendo unos gemidos negros. Sus palabras despojaron al acto de toda teatralidad.

—¡Hacer! ¡Hacer! ¿Qué sabía un pobre cura de pueblo lo que tenía que hacer? Me confió un secreto en confesión, pero también otras muchas cosas. Me habló de ti, de Regina, de la carta, de las sorpresas que puede reservar la vida a una solterona, del tiempo de la guerra, de su hermana y de su cuñado, de su pequeño sobrino, de su dolor por la pérdida de la casa, de su terror a que las obras de derribo descubrieran lo que había en el jardín... y de su angustia por no tenerte a su lado para que te encargaras de... cierto trabajo, de su cuarto con recuerdos...

—Que usted deseó visitar.

—Sólo al principio. Luego lo abandoné para tu exclusivo uso, cuando llegaste y comprendí que necesitarías de todos los informes, y yo mismo traté de insinuártelos con disimulo... Pues de todo eso, y de más cosas, me habló. Y ahora, yo te pregunto, hijo: ¿qué es lo que pertenecía a la confesión y qué es lo que no pertenecía? Fue un revoltijo de confidencias, Urko. Cuando los dolores le impidieron seguir, estaba yo tan asustado que ni siquiera recuerdo si le eché la bendición. Luego me puse a pensar en todo el asunto. Mi primera reacción fue intervenir abiertamente.

—Es decir, desenterrar esos restos.

Don Pedro se agarró con más fuerza al follaje.

—Por favor, no pongas nombres a las cosas... Bueno, viniste y pensé que Dios te ponía en Getxo para librar a este pobre cura del tormento y para advertirme que todas las palabras de Flora fueron pronunciadas en confesión. ¿Sabes, Urko, lo que esto significaba? Que debía evitar todo gesto que revelara al mundo el gran secreto de la muerta. Así, pues, ¿cómo arriesgarme a cambiar de lugar... la cosa? ¿Y si alguien me sorprendía? No, no... Un pobre cura de pueblo no lo podía hacer.

—No le creo.

—¿Eh?

—Usted se encontraba al otro lado del muro con las herramientas y resuelto a todo. Gracias.

—¡Te esperaba a ti!

—Quizá, también. Pero, también, resuelto a todo.

—¡No, no, yo sabía que vendrías! ¡Tenía pruebas de que estabas en la buena pista!

—Gracias.

Don Pedro se derrumbó. Todavía permaneció un rato agarrado al ciprés, ahora no por desesperación, sino por pura debilidad de sus piernas, y finalmente atravesó la puerta de hierro de Mallatu y se perdió en la noche como una criatura apaleada.

Urko se sorprendió caminando hacia la casa sin haberlo decidido, y se detuvo en seco. Pensó que carecía de valor para abrir aquella puerta. «No fue un crimen. En absoluto. En las guerras también se puede matar impunemente. Y esto pertenece a aquella guerra.» Le anonadó la evidencia que apoyaba la teoría con que había regresado a su tierra, y giró para alejarse de la casa. Tomó una ruta contraria a la del cura, con la precisa idea de meditar sobre el imposible fin de las guerras.

Le amaneció sentado en la arena de la playa, ajeno al peso de su cuerpo, mecido por una decisión irrevocable. «Me quedaré, porque a mí tampoco se me ha acabado la guerra.» Sólo al pensar en la excavadora descubrió que había transcurrido la noche.

Después de mirar que eran las siete en su reloj de leontina, subió la cuesta de la playa buscando en sus bolsillos el número del trapero. Le debía una llamada y sólo le quedaba una hora para hacerla. Trató de comunicar con él desde una cabina, pero aún no había nadie en el negocio. Urko se preguntó si la seguridad de sus nervios persistiría cuando llegara el gran momento. Entonces cayó en la cuenta de que se iba a quedar sin casa y que debía buscar otra.

Regresó a los montes de la playa y recorrió aquellos parajes llamando a las puertas de las casas sencillas en las que veía que estaban levantados, como recordaba que lo hacían los veraneantes cuando buscaban un agujero para pasar el verano. Recibió tres respuestas negativas antes de que una anciana que regaba unos geranios puestos en latas de membrillo le alquilara una habitación sin consultar con un hombre que remendaba el tejado para el invierno. Quedó en regresar con la maleta.

A las ocho menos cuarto telefoneó de nuevo al trapero. Oyó su voz de marqués al otro lado del hilo y se citaron para unos minutos después. Urko fue el primero en llegar a Mallatu. Alrededor de la excavadora, unos hombres de provincias del sur se ponían ropas de trabajo. Urko se concentró en sus intestinos y volvió a sentirlos firmes. En la misma puerta de hierro encontró a una Regina que parecía rescatada de un naufragio.

—¿Qué ha sido de ti? Ayer tarde pasé varias veces por casa, la última cerca de las doce. Esta mañana vengo a las seis y tampoco estabas. Me has tenido preocupada.

—El caso es que no me he muerto.

Urko fue consciente de que estaba dando a su prima una imagen excesivamente plácida. La vio pensar bajo el asombro de sus cejas.

—Algo ha sucedido —la oyó decir tenuemente.

Él no abrió la boca. Se recordó a don Pedro cargando con el secreto de confesión.

—No te pregunto nada, pero creo que ya puedo tomar el tren.

Urko se puso a dudar si era justa su decisión de la playa de no contar a aquella Pínaga lo que sabía. Se reafirmó en su silencio al verla mover la expresión hacia la excavadora con un destello infantil.

—Es la hora —la oyó pronunciar, mirando también la esferita de su muñeca.

Urko soportó unos segundos tensos, hasta que el estruendo de la excavadora rompiendo el mundo puso en marcha la jornada laboral. Se miraron los dos profundamente. A Urko le atormentaba una obsesión por no flaquear que le indicaba que no estaba flaqueando.

—Ayer fotografié Mallatu —dijo Regina—. Haré copias en Madrid y te las enviaré.

Urko se conmovió.

—Vámonos de aquí —dijo lleno de miedo.

Regina se colgó de su brazo y empezaron a caminar por la acerita. A través del contacto a Urko le llegó el silencio del organismo de su prima. «No se lo debo decir. Para ella acaba todo y para mí empieza.» También se estremeció al recordar de nuevo que por aquel brazo corría sangre de los Pínaga.

—Esto es una huida en toda regla —musitó Regina—. Pero tu cara me dice que todo está bien, y ya es bastante.

Urko se atrevió a mirarla.

—Sí, todo está bien.

—Me voy esta tarde. ¿Y tú?

—Me quedo.

Ella se detuvo bruscamente.

—He alquilado una habitación cerca de la playa mientras busco un terrenito y me hago una casa. Dentro de un mes haré un viaje rápido a Londres para arreglar mis cosas y traerme papeles y libros.

Al aparecer el camión, Urko recordó su cita con el trapero. La cabina se detuvo a la altura de ellos y se asomó un hombre vestido de azul celeste y fumando tabaco rubio.

—Se me iba otra vez.

Urko metió la mano en el bolsillo y le tendió la llave.

—En el segundo piso hay una habitación...

Se calló porque no sabía lo que pensaba decir. Regina tiró de él para llevárselo. Urko vio que lloraba. Alcanzaron en silencio el final de la calle y doblaron hacia la playa cuando oían el inconfundible fragor del derrumbe de un muro de piedra.

—¿Por qué? —susurró Regina.

Urko la miró.

—¿Por qué te quedas?

—No para arreglar nada, sino para saber.

—Saber, ¿qué?

—Cuándo se acaba la guerra.

—No te quedas por la guerra sino por la tierra. Acabas de comprender que eres de este barro.

Urko no quiso discutir.

—Te diré que te puedes quedar porque el pueblo ya te ha puesto un nombre.

—Quieres decir, Alejandra...

Urko se perdió unos instantes en la sonrisa de adolescente de su prima. Luego escuchó con recogimiento su informe:

—El Inglés.

Sobre *El hombre de la guerra*

Los estudiosos de la obra de Ramiro Pinilla sabían de esta novela que el lector tiene entre manos por la contracubierta de Primeras historias de la guerra interminable, *un libro de relatos editado en abril de 1977. Ahí se citaban entre las obras del autor pendientes de publicar dos títulos:* El caso del hombre de la guerra *y, por censura editorial,* Antonio B, el Rojo.

Varias décadas más tarde, en 2008, tuve el privilegio de leer el manuscrito que me pasó el propio Ramiro. Él estaba entonces en plena escritura de la serie policiaca de Samuel Esparta, que tanta ilusión le hizo: faltaba poco para el lanzamiento de Sólo un muerto más, *y ya había empezado a escribir* El cementerio vacío, *el segundo caso, mientras barruntaba nuevas entregas.* El hombre de la guerra *me pareció una novela más profunda, y le aconsejé esperar a publicarla. Ramiro alternaba en esos años la publicación de inéditos* —La higuera, Aquella edad inolvidable, *las tres de la serie policiaca— con la recuperación de títulos inencontrables de su obra:* Las ciegas hormigas, Antonio B. el Ruso *y* Los cuentos. *Y no dejaba de escribir. No dejó de hacer-*

lo hasta el último día de su vida en octubre de 2014. La novela quedó guardada para mejor ocasión.

Tan bien guardada que no aparecía entre los fondos escaneados y catalogados de Walden, su casa en Getxo, y temíamos que se hubiera perdido para siempre. Afortunadamente en noviembre de 2022 sus hijos Begoña y Ramiro la encontraron en el trastero, que él llamaba «el gallinero», de Walden. Allí, en una caja, entre documentos y papeles, mecanografiada en papel de copia fino, estaba la novela: cuatro copias listas de las que él preparaba para enviar a las editoriales.

En «el gallinero» de Walden, Ramiro guardaba su vida entera. Cuando ganó el premio Nadal criaba cincuenta gallinas, y había llegado a tener en tiempos hasta doscientas. Pero el negocio no le fue bien: «El pienso subía y los huevos bajaban», le oí repetir muchas veces... Y se dedicó a otros proyectos. Creó una revista, fundó una editorial y un taller de escritura, escribió y escribió. En «el gallinero» guardaba documentos de sus proyectos, libros, revistas, aperos de labranza para su huerta, juguetes de cuando sus hijos eran niños, muchos objetos, muebles antiguos... Y unas bolsas de basura enormes con las más de tres mil páginas manuscritas del original de Verdes valles, colinas rojas. *Entre 2003 y 2014 se convirtió en una tradición guardar cada manuscrito y sus versiones en un paquete que hacía con papel de estraza atado con una cuerdita. Llevar las novelas al gallinero era un rito de culminación, allí quedaban hasta que se publicaban.*

El hombre de la guerra *no tiene una datación precisa, pero probablemente la escribió entre 1972 y 1974. En algunos capítu-*

los el estilo es idéntico al de los cuentos de Primeras historias de la guerra interminable *que vieron la luz en 1977; en otros, evoca a los de* Recuerda, oh recuerda, *publicados en 1975. Y es obvio que la escribió antes de la Democracia por la visión política que transmite y la lectura en clave que sugiere. La acción se sitúa en Getxo en unos pocos días de 1972 y la protagoniza un niño de la guerra exiliado en Londres que regresa treinta y seis años después a su tierra, a una casa invadida por las mujeres y el luto y amenazada por una orden de demolición.*

Ramiro Pinilla fue un niño de la guerra. En julio de 1936, cuando se produjo el golpe de Estado, tenía trece años. Su protagonista, algo más joven, abandonó Getxo con nueve. Podría pensarse que Urko Pínaga comparte ciertos rasgos del buen amigo de Ramiro, José Javier Rapha Bilbao (Getxo, 1943-2022), con quien fundó la editorial romántica y reivindicativa Libropueblo-Herriliburu en 1977. José Javier vivió y trabajó seis años en Londres, donde fue corresponsal de la Agencia EFE. Regresó a Getxo a principios de los setenta, era escritor, fumaba en pipa, y tenía su casa familiar, Goñibarri, como el caserón Mallatu de El hombre de la guerra, *amenazada por una expropiación.*

Pero el que vuelve «tras treinta y seis años de lectura y meditaciones sobre España» es el propio Ramiro: «El mundo ha cambiado y yo no», se dice. El hombre de la guerra *habla de las guerras que no acaban nunca y de las historias reescritas. Aparece en sus páginas San Baskardo, nombre que se mantendrá en* Verdes valles, colinas rojas *para ese escenario de Santa María de Getxo al que le quedaba algo de su carácter de aldea. Y se respira la añoranza por un mundo perdido. El dolor del protagonis-*

ta ante el paisaje transformado que ya no es como el escenario de su niñez, es el del propio Ramiro.

Los lectores encontrarán en esta obra las mejores cualidades del universo literario de Ramiro Pinilla. El humor presente en la leyenda del paso de Cristóbal Colón por el caserón de Getxo en el que había silencio a todas horas y, cómo no, secretos; y en las salidas de una interina que dice «Creí que se me había muerto de pie». Las mujeres adquieren en esta novela, como en toda su obra, más importancia que los hombres. El protagonista se mueve entre una tía recién fallecida y una prima que acaba de conocer, a la que llama muchacha en su pensamiento. Se pasa toda la novela indagando en los secretos de esas mujeres. Indagar en su misterio es la verdadera intriga que desvela El hombre de la guerra. *El carácter crítico y reivindicativo, la veneración por las familias aldeanas y la tierra: «Somos de la tierra», así como la mirada romántica sobre el mundo, son una marca de agua indeleble en cada página, mientras la intriga nos arrastra como un resorte hasta el final. Pero, sobre todo, los lectores de Ramiro Pinilla reconocerán en esta novela con placer inédito el aliento de un escritor de raza.*

María Bengoa Lapatza-Gortazar

MAXI

TUSQUETS EDITORES

www.maxitusquets.com

www.planetadelibros.com